樂 府

·

心里满了，就从口中溢出

[美] 桑顿·怀尔德 著
Thornton Wilder

但汉松 译

圣路易斯雷大桥

The Bridge of San Luis Rey

SPM 南方传媒 广东人民出版社
·广州·

目录

前言

　　桑顿·怀尔德的《圣路易斯雷大桥》是我们在美国文学中
所能寻到的最接近于完美的道德寓言。它写于"喧嚣的二十年
代"末尾，作者当时不过三十出头，但这本书表达了一种精巧
的普适之理，对永恒元素的运用很巧妙，读起来让人感觉十分
古朴雅致，甚至有点儿《圣经》的味道。直到今天，我们读它
时还是会颔首赞许，并惊叹于它描述人类自身的神奇能力。它
所讲述的，对我们而言既是本质的东西，同时又专属于我们的
时代。你只要想想这部小说提出的一个核心问题，按怀尔德自
己的说法，可以简单表述为："在个体的意志之外，生命是否

有方向和意义？"这也许是我们能够去探究的最为宏大，同时也是最为深刻的个人哲学问题。这个问题定义了我们作为人的身份。

　　小说从1714年7月20日的中午开始，当时利马和库斯科之间的皇家大道上的一座桥，也就是"全秘鲁最好的一座桥"莫名其妙地垮塌了，五个恰好在那时从桥上通过的人径直坠落身亡。"这桥似乎属于永恒之物，无法想象它会断掉。"一位信仰虔诚却又怀着形而上焦虑的圣方济会修道士正在当地传教，他的名字叫朱尼帕，他目睹了桥的垮塌，并立刻对这个事件提出疑问，"为什么这件事偏偏发生在那五个人身上？"他坚信一切意外都不过"完全是上帝的行动"，所以他要对这五个人进行细致的科学调查，然后揭示为什么是这五个人死，而不是那些在彼时可能往返利马的另一些人。他决定彻底调查与他们相关的事实真相："他认为在同一个事故中看到了邪恶之徒被毁灭，而善良之人被提前召到天国。他认为自己看到了傲慢与财富被混淆在一起，这是给世人的一个教训。他认为自己看到了那些谦卑得到了嘉赏和回报，因为它给这个城市带来了荣光。"朱尼帕修士对那些人的生活真相的追寻，将会变成一位虔诚基督徒对上帝意志的科学调查，这么做的唯一目的就是要向他的新信徒们（"那些可怜而顽冥的皈依者，他们迟迟不肯相信那些加诸生命里的痛苦其实都是为了他们好"）证实，我们的命运是被上帝所操纵，所以无论一切事物看上去有多么像是偶然、混沌和苦难，它们——甚至连那似乎纯属偶然的垮桥事件——都含有神圣的目的。

随着他调查的推进，我们最终了解到那五个生命并非表面看上去的那样。他们是一些复杂有趣，但又非常人性化的人物混合体。尽管是五个人，但他们暗指着整个社群，甚至也许是全人类——这也是我们时至今日仍要读这本书，并认为它与我们息息相关的原因之一。我们首先读到的是一个叫蒙特马约尔的女侯爵，她是个丑老太婆，这个孤独的寡妇与自己亲爱的女儿克莱拉永远都难以亲近。为了逃离母亲那令人窒息的爱，女儿远走西班牙，嫁给一位伯爵。女侯爵总是情难自控地讨好女儿，给她写了一堆篇幅冗长、语言华美的书信，从这些信中表现出的是一个工于心计、自怜自艾的孤傲之人，虽然后来我们对她性格的了解会大大超过这些。其实换了我们当中的任何一个人也会如此：假如我们的私密生活被探究和了解得足够深，我们的形象也不会因此比最初印象变得更好或更坏，只是会变得更加复杂而神秘。

　　和女侯爵同时坠亡的，是忠诚服侍她的女仆。这个女孩是个孤儿，在修道院长大，名字叫佩皮塔。与她们一道死的，还有一个年轻男子伊斯特班，他正因为双胞胎兄弟的过世而备感绝望，并在不久前试过自杀，后来又勉强决定去海上跑船重新开始生活。在那个致命的晌午一同过桥的，还有皮奥叔叔。他是一个"年迈的小丑"，是精通文墨的戏剧迷，还是金盆洗手的探险家。他把生命中的漫长岁月都奉献给了一个叫卡米拉·佩里绍莱的秘鲁著名女演员，不仅培育她成才，还保护供养她。那时这个女演员已经退休，在乡间隐居。与皮奥叔叔一道的是个叫杰米的男孩，他是这个著名女演员的儿子，被托付给老人带回利马接受教育，就像他妈妈多年以前那样。还有很多值得记住的小人物，书中对他们的刻画也极好：伊斯特班自杀时救了他一命的跑海船的船长，让卡米拉·佩里绍莱当了他情妇的奢靡逸乐的秘鲁总督，救助孤儿（包括佩皮塔和伊斯特班及其双胞胎兄弟曼纽尔）的女修道院院长马利亚·德尔·皮拉尔。但是在事故发生之后，我们和朱尼帕修士逐渐了解得最深入的，还是这死去的五个人。朱尼帕修士是我们天真而又不太靠谱的替身，而他和我们必须去细致探究和思考的，就是这五个受难者的命运。他的调查就是我们的调查。但是，他的结论却不是我们的结论。他的那些结论被裁定为异端邪说，他将因为得出这些结论而受到可怕的折磨。

小说隐而不显的假设就是：我们中的任何一员都可能遭遇那座让五人坠入深渊的垮塌之桥。据怀尔德说，小说外部情节（虽然它的情节性确实不强）的灵感是"来自普罗斯佩·梅里美的一部独幕剧，它发生在拉丁美洲，其中一个角色是宫中情妇"。他接着说："但是，这部作品的中心思想（即如何理性面对垮桥事件中那些罹难的生命），其实来自我和父亲的一些友好争论，他是个严苛的加尔文教徒。"这种争论正是我们大部分人不时会有的，尽管可能并不总是那么一团和气，如果不和信加尔文教的父亲或耶稣会的朋友争论，那可能就是跟自己。我们知道的是，这样的争论通常会让我们要么更为固执地确定自己的信仰，要么就是机械地背诵那些看得见、摸得着的事实。

但正如朱尼帕修士所指出的，"在信仰和现实之间存在的沟壑，比人们通常料想的要大"。在两者之间的鸿沟里，厚厚地堆积着一层层关于人类存在意义的奥秘。假如我们打算穿透这层层的奥秘（别忘了，这正是每一个严肃小说家的终极目标），那么我们就必须像怀尔德在一次访谈中说的那样，"正确而清楚地提出问题"。当然，这就意味着在问"什么是人生存在的意义"之前，我们必须问人存在的本质是什么。和所有伟大的道德寓言一样，这正是《圣路易斯雷大桥》所提出并回答的问题。如果说这部小说尚不能穿透那个鸿沟并抵达那个终极而本质的奥秘，至少我们已经非常接近它了。

　　几千年来，那些追寻这类终极问题的读者都会在道德寓言中寻找答案。它的形式结构、修辞比喻和文体习规以自然而有效的方式结合在一起，将这些问题戏剧化展示出来并做出回答。这种回答不仅应该从哲学上讲是可信的，而且应该在个人的入世体验中经得起证明。《圣路易斯雷大桥》既是一个典型的道德寓言，也是一部典范之作。在现代社会，更多时候会是诗人（而非小说家）去选择这种形式。在小说家当中，只有纳撒尼尔·霍桑和豪尔赫·路易斯·博尔赫斯写的道德寓言达到了这部小说的艺术和哲学水准。

　　这些作品的古旧风调其实是有讲究的，因为它让人们可以立刻从世俗的日常生活中抽身而出，飞升到那个古老而遥远的世界，在那里人们可以更容易地思考一些终极意义的问题，这也许是寓言的必要元素。我们从一个真实可及的世界出发，但却是为了离开它。《圣路易斯雷大桥》的第一句只是告诉了我们一个史实："1714 年 7 月 20 日周五中午，全秘鲁最好的一座桥断了，五位旅者坠入桥下深谷。"但是当我们读完整段话，就已经被带到了殖民地时期的秘鲁，被带到了安第斯山脉，被带到了遥远的首府城市利马，在那里宗教裁判所和西班牙征服者留下的余烬还在冒着白烟 —— 对他的读者而言，这是一个奇特而陌生的异域，怀尔德本人直到 1941 年才去过那里。

　　在有些方面，本书的语言显得有些古旧，虽然这丝毫不意味着过时。阅读此书，仿佛它是刚从 18 世纪西班牙语编年史中翻译过来的，而其原作者的文体风格是那么曼妙明晰。怀尔德的句子很典雅，但绝不自傲；很精巧有衡，但绝不矫揉造作；意义隽永，但却不累赘繁复。它们在结构和措辞上更加接近于霍桑的文字，而不是那些与怀尔德同时代的名人，如海明威、菲茨杰拉德、福克纳或多斯·帕索斯。与这种形式相得益彰的，是那种警句式的风格，很像是智慧文学（Wisdom Literature），譬如这句："现在，他发现了那个众人很难觉察的秘密：即使在最完美的爱情里，两个人的爱也不是对等的。也许两个人可以同样好，同样具有天赋，同样的漂亮，但他们对彼此的爱绝不可能是平等的。"还有一些元素也是这种文学形式中常见的，但怀尔德在运用时带着几分温和的反讽和沉静，譬如作者喜用的仿古式分类枚举法［"他具有探险家的六个特点 —— 能记住很多人的名字和相貌；能改变自己的名字和相貌；能有永不枯竭的创造力；能严格保守秘密；能和陌生人打得火热；能不受良心的谴责（因为他瞧不起那些昏聩的富人，所以才对他们痛下杀手）"］、宏大象征和扁平象征、对称和平行、相互勾连的三角关系等。这些写作特色都让人不时想起某些后现代作家，比如米兰·昆德拉和翁贝托·埃科。虽然怀尔德并不算是"作家的作家"，但我们可以把《圣路易斯雷大桥》当成作家的文体手册来读。

然而，这部小说之所以能一代代流传下来，并不是因为它文辞的精湛，不是因为它的结构简洁而高效，也不是因为它对人物的刻画生动而感人。它之所以能传世，是因为它讴

圣路易斯雷大桥

歌了我们矛盾却又永恒的人之特性，即我们最本质的人性。我们是唯一不能靠本能去知晓自己天性的物种，而且每一代人都必须要重新认识这一点。所以，当 2001 年 9 月 11 日纽约市和华盛顿特区的恐怖袭击发生之后，我们在这一灾难性事件漫长（正是本文写作之时）而黑暗的阴影下来思考这部小说，不仅是有趣的，而且可能是有益的。

我们和那些恐怖事件的关系，与朱尼帕修士和垮桥的关系并无不同。在 9 月的那一天，以及随后的日子里，因为有了神奇的现代视频技术，我们所有人都见证了这件违背我们道德理解的事件，也诱使我们苦苦思索上帝的心灵，希望借此能合理解释上帝对待人类的方式。这是朱尼帕修士的痴念和邪念。对我们中的很多人而言，这也成了我们的痴念和邪念。所以，在纽约举行的世贸中心罹难者追思会上，英国前首相托尼·布莱尔的做法不仅是恰当的，而且是一种必要的训诫。他当时选读的是《圣路易斯雷大桥》的结尾："很快我们就会死去，所有关于这五个人的记忆，都会随风而去。我们会被短暂地爱着，然后再被遗忘。但是有这份爱就已足够；所有爱的冲动，都会回到产生这些冲动的爱里。甚至对于爱来说，记忆也并非不可或缺。在生者的国度与死者的国度之间，有一座桥，而那桥就是爱。它是唯一的幸存之物，它是唯一的意义。"

罗素·班克斯（Russell Banks）

于纽约州萨拉托加矿泉城

也
许　意
是　外

一七一四年七月二十日周五中午，全秘鲁最好的一座桥断了，五位旅者坠入桥下深谷。这座桥位于利马和库斯科[1]之间的大路上，每天有几百人经过。它是印加人一个世纪前用柳条编成的，城里的游客常常被带到这里来参观。其实，它就是一个吊在峡谷上的细板条梯子，扶手是用枯藤做的。马匹、马车和轿子必须从几百英尺[2]深的谷底通过，还要乘筏子过一条狭窄的急流。不过所有人（就连总督和利马大主教也不例外）都不会跟着行李从下面走，而是从这座著名的圣路易斯雷大桥上过

1　库斯科（Cuzco）：秘鲁南部城市。（本书注释均为译者注。）
2　1英尺约等于30.48厘米。

去。它由法国的圣路易[1]庇护，不仅是凭着桥的名字，也因为远处有一座泥砌的小教堂。这桥似乎属于永恒之物，无法想象它会断掉。当秘鲁人听说这次事故时，他们会在胸前画十字，脑海里则在算计，想想自己上次过桥是什么时候，想想下次打算过桥是什么时候。人们痴痴地遐想着，呢喃着，仿佛看到自己也跌入了那个峡谷。

大教堂里举行了一场隆重的葬礼。人们尽量收全了遇难者的尸骸，然后将它们大致分拣。在美丽的利马城，人们开始了心灵的自我追问。女仆归还了从女主人那里偷来的手镯，放高利贷的人愤怒地对他们的妻子慷慨陈词，为高利贷做辩解。然而，这件事居然令利马人如此触动，这倒是令人称奇，因为在这个国家里，那些灾难实在是层出不穷，它们被法学家们称为"上帝的行动"。海浪总是卷走城市，地震每周都会发生，而高塔倒塌总要砸中那些善男信女。疾病在各地频发，而岁月的流逝又会带走那些市民中的精英。如此看来，秘鲁人竟然会为了

---

1 圣路易（Saint Louis of France）：路易九世，法国卡佩王朝第九任国王（1226—1270 年在位），他被奉为中世纪法国乃至全欧洲君主的楷模。他是一个虔诚的天主教徒，也是唯一被封圣的法国君主。

圣路易斯雷大桥的断裂而如此触动，这实在是咄咄怪事。

所有人都深受震撼，但只有一个人付诸行动，他就是朱尼帕修士。这个来自意大利北部的圣方济会修道士一头红发，身材矮小，正在秘鲁向印第安人传教，也恰好目睹了这次事故的发生。这一系列的巧合出乎寻常，以至于人们怀疑存在着某种冥冥的安排。

那是个炎热的中午，那个致命的午时，朱尼帕修士来到一处山肩，停下来擦了擦额头，注视着远处雪峰的景色，又看着脚下绿树遮盖、鸟雀啼啾的峡谷，然后踩着柳条梯过桥。他心中充满喜悦，一切都还顺利。他已经重开了几处废弃的小教堂。印第安人徐徐进来参加早弥撒，在见证奇迹的时刻，他们嘴中发出呻吟，仿佛自己的心碎掉了。也许是因为从前方的雪山吹来了几缕凉风，也许是刹那间想到了一首诗，他举目看着山峦。总之，他感觉到了平静。然后他瞥了一眼大桥，那时空中突然传来了"砰"的一声，就像某个乐器的琴弦在废弃的房间里突然断掉。他看见大桥断成两半，五只挣扎的"蝼蚁"跌下了峡谷。

若换了别人，也许会暗自庆幸地对自己说："多亏我早了十分钟啊⋯⋯"但是朱尼帕修士却是另一种想法:"为什么这件事偏偏发生在那五个人身上?"如果宇宙万物果然有什么计划,假如人生存在什么安排,那么一定可以从这些横死的生命中找寻到蛛丝马迹。要么我们生于偶然且死于偶然,要么我们生于定数且死于定数。在那一瞬间,朱尼帕修士决定要调查那五个人的私密人生,叩问他们在空中坠落的瞬间,解开他们的厄运之谜。

在朱尼帕修士看来,神学现在应该跻身于精确科学之列,这也是他一直以来的愿望。他目前缺的只是一个实验室。哦,标本可是从来就不缺的;他照料的多是不幸之人——有的是被蜘蛛蜇了,有的得了肺病,有的房子被烧了,还有的孩子因为大人的疏忽而遭遇横祸。但这些人类的悲苦并不适用于科学研究,因为它们缺乏那些被后世专家称为"可控性"的要素。这种事故有的是人为过失,有的则是概率作祟。但圣路易斯雷大桥的倒塌,却完全是"上帝的行动"。它提供了一个绝佳的实验室,让我们可以在纯粹的状态下,悄然揭示神意。

你我会发现,若换了朱尼帕修士之外的任何人,这个行动计划都将会盛开出怀疑主义的花朵。它就像那些自大狂的所作所为，为了能在天堂里徜徉，竟然打算建一座巴别塔通向那里。但对我们的圣方济会修道士而言，这项实验不带任何的怀疑成分。他早已知晓答案，只是希望以历史和数学的方式，向他的皈依者做一个证明。那些可怜而顽冥的皈依者，他们迟迟不肯相信那些加诸生命里的痛苦其实都是为了他们好。人们总是寻求可靠无误的证据，人类的心灵总是源源不断地流淌着怀疑。甚至在一些国家，哪怕宗教审判所可以读出你眼神背后的想法，怀疑也是如斯不绝。

这已经不是朱尼帕修士第一次尝试这种方法。在不得已而为之的漫长旅途中（他奔走于各个教区之间，为了能走快些，他会把僧袍卷到膝盖上），他时常会梦想着做一些实验，证明上帝对人的方式是正当的。譬如，他完整记录下求雨的祷告以及每次的结果。他常常站在小教堂的台阶上，跟前的信众则跪在被炙烤的街上。他还常常对着天空伸开双臂，为这个隆重仪式而慷慨陈词。有那么几次，他还感到过天使进入自己的身体，看见地平线上生成的云朵。但更多时候，好几个星期过去了，也没有……可为什么要提这些？他又不需要说服自己去相信雨水和干旱是有着合理比例的。

所以，在那个事故发生之时，他内心生发出了一种决心，这让他为之忙碌了六年之久。他拜访了利马的所有人家，询问了几千个问题，记满了几十个本子，目的就是要证明一个事实，即那五个陨落的生命其实都是一个完美的整体。所有人都知道他的工作是为了纪念那次事故，所有人都乐于效劳，实际上却帮着倒忙。有几个人甚至知道他做这番事的主要目的，一些权贵还为之提供资助。

　　这次辛劳的成果，变成了一本我们接下来即将读到的大书。在一个春意盎然的早晨，这本书曾在大广场被公开焚烧，但是有人秘密保存了一份。多年之后，它又不为人知地出现在了圣马可大学的图书馆里。它被搁在一个书橱里，上面是两片巨大的木头盖子，已经积了很多灰尘。它逐一讲述了事故受害人的经历，事无巨细地罗列了关于他们的几千条事实、逸闻和证词。最后的结语是一段庄严之词，诉说了上帝为什么会选择在那天对那些人彰显其神意。不过，尽管朱尼帕修士勤勤勉勉，但他仍未知晓玛丽娅夫人（即蒙特马约尔女侯爵）最重要的情感经历；同样，他也不懂皮奥叔叔和伊斯特班。而我，虽然宣称自己知之甚多，是否也可能漏掉那情感源泉中更隐蔽的涌流呢？

　　有人说我们永远无法获知答案，因为对于上帝而言，我们就像是男孩们在夏天里弄死的苍蝇。还有的说法刚好相反 ——若非是被神的手指拂过，燕子是断然不会掉下一根羽毛的。

蒙特马约尔

女侯爵

现在，每个西班牙的学童都被要求去读玛丽娅夫人（即蒙特马约尔女侯爵）的作品，他们对她的了解，都要胜过从事调查多年的朱尼帕修士。在她逝世之后的一百年，她的书信就已经成为西班牙语文学中的丰碑，而她的生平事迹则在此后成了经久不衰的研究课题。但她的那些传记作者却犯了和圣方济会修士一样的错误，虽然两者错的方式不同。现在的人们试图赋予她很多荣耀，希望将书信中的美还原到个人生活里。然而，若想真正了解这个伟大的女性，就必须知道是什么曾令她蒙羞，是什么剥夺了她（除了一样之外）全部的美。

她是布商的女儿，家人在利马赚到了钱，但也惹来了附近老百姓的忌恨。她的童年非常不幸，不仅容貌丑陋，而且

18

说话结巴。她母亲本想让她多几分社交的本领，就逼她戴着满身珠宝在城里招摇过市。她独自生活，独自思考。很多追求者来展示自己，她却竭尽所能与世俗习规进行抗争，并决意保持独身。她与母亲相互指责咆哮，摔门而出，不乏歇斯底里的场面。终于在二十六岁时，她不得不委身于一个傲慢堕落的贵族。在利马大教堂的婚礼上，宾客们的讥讽不绝于耳。但她依然活在自己的世界里。当漂亮可爱的女儿降临人世时，她便对之倾注了痴狂的爱。小小的克莱拉像极了她的父亲，冷酷而睿智。她八岁时就开始冷静地纠正玛丽娅的言辞，很快便以嗤之以鼻的态度对待母亲。担惊受怕的母亲变得逆来顺受，百依百顺，但还是无法停止对克莱拉的溺爱。于是，女儿还是会以同样的歇斯底里去指责、吼骂她，还会摔门而出。在选择结婚对象时，克莱拉故意找了个需要她背井离乡去西班牙生活的夫君。然后她就去了西班牙，去到那个需要六个月才能收到一封回信的地方。在开启如此遥远的航程之前，秘鲁人会在教堂里举行正式的告别仪式。船被祈福保佑，随后船和海岸的距离越来越远，船上船下的人都双膝跪倒，吟唱着圣歌，在空旷的户外萦绕不绝。克莱拉小姐离开时却十分镇定，留下她的母亲凝望着航船的方向，时而将手压在胸口，时而用手盖住嘴巴。那宁静的太平洋，还有永远悬在海上的巨大云朵，在她眼中却显得那么模糊而躁动。

独自留在利马的女侯爵变得越来越寡言。她越发不在乎自己的衣着，而且和所有孤独的人一样，她会和自己大声说话。她的全部就存在于燃烧的心灵中央。在那个舞台，上演着她与女儿无休无止的对话，演绎着两人毫无可能的和解，还有不断重复的懊悔与宽恕场景。在街上，你会看见这样一个老女人：她的红色假发稍稍垂过一只耳朵，左脸颊有麻风病感染留下的红斑，右脸颊为了对称，就补了一些腮红。她的下巴总是湿乎乎的，嘴唇也没有停下来的时候。利马住满了各类形形色色的人，但即使是在这里，当她坐车在街上驶过，或曳步挪上教堂的台阶时，众人都把她看成是一个笑柄。大家觉得她总是宿醉不醒。此外，还有更可怕的议论。有人甚至出来请愿，要求将她囚禁起来。她曾三次在宗教审判所遭到公开谴责。要不是她女婿在西班牙颇有权势，要不是她在总督府上有几个朋友能容得下她的乖张举止和读书嗜好，没准她就要被烧死了。

这种可悲的母女关系又因为钱而越发恶化。伯爵夫人从母亲那里可以得到一份丰厚的生活费，还经常收到礼物馈赠。克莱拉小姐很快就成了西班牙宫廷上最受瞩目的女人。可是就算拿出秘鲁全部的财富，也不足以让她维持她所期待的那种奢华生活。而奇怪的是，她的这种铺张居然源自她本性中最善良的一面：她将朋友、仆人和首都所有有趣之人都视为自己的孩子。事实上，在这个世界只有一个人得不到她的善待。她的座上宾包括地图绘制师德·布拉西斯（他那本《新世界地图集》就是献给蒙特马约尔女侯爵的，上面称她为"城市的骄傲和西方升起的太阳"，利马的官员们读到这些句子时颇为震惊）。她的另一个门徒是科学家厄朱阿里乌斯，此人关于水力学定律的论文遭到宗教审判所的压制，理由是过于蛊惑人心。在长达十年的时间里，伯爵夫人几乎哺育了西班牙所有的艺术和科学。虽然那个时代并未产生任何重要的作品，但这并非她的过错。

在克莱拉离开四年之后，玛丽娅获得女儿的许可去欧洲探亲。由于各自的自责，双方都非常期待这次探访：一方希望自己更有耐心，另一方则决心更为克制。然而，她们都没能做到。母女俩相互折磨，两人在自我谴责和情感发泄之间相互拉锯，差点儿就失去了理智。终于有一天，玛丽娅在天亮之前起床，仅仅吻了一下女儿卧室的大门，然后就坐船返回美洲了。自此以后，写信就取代了所有那些无法在现实里存活的爱。

于是就有了这些信，它们在后世成为学童们的教科书，成为语法学家们的蚁丘。如果玛丽娅夫人不是天生具备这种文才，那她肯定也会通过后天努力去获得，因为这对她非常重要。她需要凭着它去吸引远方孩子的关注，也许还有崇拜。她强迫自己走近人群寻找讽刺之术，教会自己如何用眼睛观察周遭。她阅读本国语言中的杰作，以探求写作的法门。她还暗自笼络那些巧舌如簧之人，以学习其言辞技巧。夜复一夜，在奢华的官邸里，她字斟句酌地写着美妙绝伦的篇章，从绝望的心灵中挤出连珠妙语，为总督府记录下浓缩的编年史。而现在我们知道的是，她女儿几乎从不读那些信。多亏了她的女婿，这些信件才得以保存。

如果女侯爵知道这些信会恒久流传，一定倍感惊讶。很多评论家认为，其实她早就关心日后声名，因为她的很多书信都有炫技之嫌。在他们看来，玛丽娅夫人如此殚精竭虑地写作，似乎不可能就是为取悦女儿，因为很多艺术家这么勤奋，都是为了博取大众的青睐。同她的女婿一样，他们对她充满了误解。伯爵很喜欢读她的信，但他认为只要欣赏到其语言的风格，就算获取了这些作品的全部真义。和大多数读者一样，他没有看到文学的真谛就是为心灵做注疏。文采，不过是个不值分文的容器，里面盛着献给世人的苦酿。女侯爵也许自己都不太敢相信这些书信是什么佳作，因为这样的作者往往生活在自己内心的风景中。在我们看来非常惊艳的作品，其实对他们而言，不过是每日的家常便饭，只不过是比普通的好上那么一些罢了。

于是，这个老妇人就这样整日坐在阳台上，那顶古怪的草帽在她布满皱纹的枯黄面庞上投下紫色的暗影。多少次，当她用戴着宝石的手指翻动纸页时，都会半开玩笑地问自己：这永恒的痛楚是否会在心脏器官里占有一席之地？她怀疑是否会有这样一位细心的医生，切开她饱受摧残的心冠，最后发现了某个痕迹，然后抬头对着周围的学生们大喊道："这个女人受了很多苦，这些苦难在她的心脏组织中留下了印记。"这个想法在她脑海中挥之不去，于是有天她就写在了信里，而女儿却嗔怪她太孤僻，过分渲染自己的愁苦。

她知道自己这份爱永远不会有回报，这个想法对她的影响，就如同拍打在崖壁上的海浪。她最先失去的是宗教信仰，因为她向神祇或永恒之国所祈求的，仅是能去往一个女儿爱着母亲的地方，至于天堂的其他好处，她倒并不奢望。接下来，她不再相信周围人的诚意。她暗自里拒绝相信任何人（除了她自己）会对别人有爱。所有的家庭都是循规蹈矩，过着假面生活，相互亲吻时也不过虚与委蛇。在她眼中，世人都戴着自私的盔甲在生活，他们沉醉于自我欣赏，渴望赞美，却极少倾听；他们对于身边好友遭遇的不测也无动于衷，只是害怕会有什么东西干扰他们与自我欲望的长相厮守。从契丹到秘鲁，亚当的儿女们就是这副德行。当她在阳台上想到这些时，她的嘴巴因为羞耻而抿紧，因为她知道自己也是有罪的，虽然她对女儿的无疆大爱可以囊括爱的一切，但这种爱却带着几分专制的色彩：她对女儿的爱不是为了女儿，而是为了她自己。她渴望将自己从卑贱的枷锁中解放出来，但这种情感却过于强烈，以至于她自己也无法驾驭。在那个绿色的阳台上，一场奇特的战争将动摇这个丑恶的老女人。这场格外徒劳的战争所对抗的，是她从未能放弃的一种诱惑。当女儿用四千英里¹宽的大海将她们隔开时，她怎么可能让女儿顺从呢？但玛丽娅太太还是与这个诱惑的魔鬼进行了搏斗，尽管每次都铩羽而归。她希望女儿能属于她自己。她想听她说："你是世上最好的母亲。"她渴望听见女儿的耳语："请原谅我。"

在她从西班牙回国差不多两年的时候，接连发生了一些不起眼的事，它们在很大程度上反映了侯爵夫人的内心世界。在书信中，这些事情只是被轻描淡写地提及，我会尽量对第二十二封信做个翻译，还会点评信的前半部分。信里面不仅提到这些事，还有一些别的线索：

难道西班牙没有医生吗？那些佛兰德的好医生曾经治好过你，他们现在何处？噢，我的宝贝心肝，你的感冒拖了这么多个星期，你这要遭多少罪啊？文森特啊，我恳求你让我的孩子好起来。神的天使啊，我恳求你让我的孩子好起来。一旦你有好转，我求求你，当感冒的症状刚一冒头，你一定要好好泡个澡，然后上床休息。我在秘鲁这里一筹莫展，什么也不能做。

---

1 1英里等于5280英尺，约1.61千米。

亲爱的，不要固执己见。上帝保佑你。我随信附上一些树胶，是圣托马斯修道院的修女们挨家挨户兜售的。我不知道这东西有多大用处，不过它没啥坏处。我听说在修道院里，那些傻乎乎的修女们一个劲儿地吸它，以至于连弥撒上的焚香都闻不到了。我也不知道它是否有价值，试一试吧。

好好休息，宝贝，我要给最仁慈的国王陛下送上一条纯金链子。（她女儿曾在信中写道："链子完好地收到了，我戴着它，参加了王子的受洗仪式。很荣幸的是，国王陛下非常喜欢它。我告诉他是你送给我的，他对你的品位倍加赞赏。请务必给他送一条尽可能一模一样的项链；立刻就送，通过宫内大臣即可。"）他永远不需要知道的是，为了得到这条项链，我不得不走进一幅画里。你还记得吗，在圣马丁教堂的圣物室里有幅肖像画，是委拉斯开兹[1]画的，上面的人物是创建这座修道院的总督，还有他的妻子和孩子。他妻子就戴着一条金项链，记得吗？我确信只有那条项链才行。所以有天半夜，我悄悄溜进圣物室，像一个十二岁的姑娘一样，攀上盖着布

1　委拉斯开兹（Diego Velasquez）是 17 世纪巴洛克时期的西班牙画家，擅长给宫廷的王室成员画肖像画。

的桌子，然后走了进去。这幅油画起初不让我进，但画家本人走了过来，托着我翻进画里。我告诉他，有个西班牙最美的女孩儿希望把这条世上最好的金项链送给世上最仁慈的国王。就这么简单。我们站在那里谈话，我们四个人，周围是委拉斯开兹特有的银灰色背景。现在，我总想着更金灿灿的东西。我一直盯着总督的宫殿：我必须趁夜潜入到提香的画里。总督会让我这么做吗？

但总督阁下又得痛风了。我之所以讲"又"，是因为宫廷上那些马屁精们坚持说他有时候是会好的。那天是圣马可日，总督阁下要去大学[1]访问，那里又诞生了二十二位新科博士。他刚刚被人从沙发椅抬到马车上就尖叫起来，说什么也不肯走了。于是他又被抬回到床上，在那儿他折断了一根上等的雪茄，然后请人去找佩里绍莱[2]。我们听着那掺杂着拉丁文的冗长教义演讲，而他却听着这个城里最妖艳歹毒的嘴巴用西班牙语

---

1 这里，"大学"指的是南美洲最古老的学府圣马科斯（San Marcos，也写作 Saint Mark）大学，建于 1551 年。它的主校区就位于利马城。
2 佩里绍莱（Perichole）是奥芬巴赫著名的轻歌剧《佩里绍莱》（*La Perichole*）的女主人公，故事背景就发生在 18 世纪的秘鲁酒馆，讲述了酒吧歌女佩里绍莱和总督的诙谐故事。

嚼舌根。（玛丽娅还是写下了这段话，虽然她女儿刚在上一封信里写道："我告诉你多少次了，你写信的时候要注意。它们在路上常常有被拆开的痕迹。你对库斯科这件事 —— 你知道我指的是什么 —— 的议论实在是太不明智了。这些话并不有趣，虽然文森特在信的附言里确实夸了你。它们可能会让我们招惹上西班牙某些大人物。我吃惊的是，你不久前才被命令告老还乡，怎么还不谨言慎行。"）

典礼上去的人很多，有两个女人从阳台上跌了下去，不过上帝保佑，她们摔在了莫塞德女士身上。三人都受了重伤，但一年之内应该都可以痊愈。事故发生时，校长正在做演讲，因为视力不佳，他完全想象不到那鼎沸的喊叫声和坠落的身躯意味着什么。很有意思的是，他还躬下身子致谢，满以为大家是在冲他喝彩。

说到佩里绍莱和喝彩这些事，你知道吗，佩皮塔和我决定今晚去看戏。大家还是非常崇拜他们的佩里绍莱，甚至可以不在乎她的年龄。我们听说她很注重保养，每天早上都会使用冰的和热的化妆笔在脸上交替按摩。（翻译完全无法表达西班牙语中这句比喻的丰富含意。它本意是对伯爵夫人的谄媚之语，而且所言非实。这位伟大的女演员那时二十八岁。她脸上皮肤光滑，有着深黄色大理石的光泽，而且肯定能保持这样的容貌很多年。除了演出时需要的化妆品之外，卡米拉·佩里绍莱唯一用来驻颜的方式，就是每天两次将凉水洒到脸上，就像一个农妇在木盆里洗脸一样。）有个古怪的男人一直在她身边，他们管他叫皮奥叔叔。卢比奥先生说，他也搞不清楚皮奥叔叔究竟是她父亲、情人还是儿子。佩里绍莱的演出非常精彩。你尽可以批评我是没见过世面的傻瓜，不过在西班牙，你们可找不到这样的女演员。

正是因为这次看戏的经历，才会有了后面的故事。她决定去剧院看莫雷托[1]的《行骗有方》，佩里绍莱在里面演利奥诺女士。也许从她给女儿的下封信中，我们能推测出一些当时的情形。她是带着佩皮塔一起去的，关于这个小姑娘的事情，我们后面会讲到。玛丽娅是从一所孤儿院把她租借出来的，这个孤儿院是圣马利亚·罗莎·德·拉斯罗莎斯办的。女侯爵坐在包厢里，意兴阑珊地看着精美的舞台。按照佩里绍莱的习惯，在

1　莫雷托（Agustin Moreto, 1618—1669）：西班牙剧作家。

幕间她都会暂时跳出自己的角色，站到幕布前面唱几首和剧情有关的歌。这个坏心眼的女演员看见女侯爵来了，便即兴编了几段俳句来影射她，打趣她的衣着、贪吃和酗酒，甚至连女儿弃她而去的事也一并揶揄。整个剧院的注意力不知不觉就转移到这个老妇人身上，伴随着观众们的笑声，还有渐渐大声的嘲笑私语。但是女侯爵还沉浸在这部剧的前两幕里，几乎没看见这个人出来唱歌，只是呆坐在那里，心思早就飘到了西班牙。卡米拉·佩里绍莱越发大胆了，剧场里充满了人群发出的斥责声和嗤笑声。最后佩皮塔扯了扯女侯爵的袖子，向她耳语说她们得走了。就在她们离开包厢时，剧院沸腾了，人群爆发出胜利的哄笑。佩里绍莱开始疯狂地舞蹈起来，因为她看见经理站在舞台后面，她便知道自己会加薪了。但女侯爵还是没意识到发生了什么；事实上，她还挺高兴的，因为这次来让她想出了几个绝妙的词句，而这些词句也许会（天知道会不会）让她女儿浮现出一丝微笑，也许会让她喃喃道："我母亲还是挺有魅力的嘛。"

不久，这事情就传到了总督耳朵里，说有个贵族在剧院遭到了公然戏弄。他把佩里绍莱召到官邸，命令她去女侯爵家登门道歉。而且，她还得光着脚，穿黑衣去。佩里绍莱不服气，急忙申辩，最后得到的让步就是允许她穿鞋子。

总督如此坚持，有三个原因。首先，这个歌伶在他统治的地方目无法纪。安德雷斯先生为了加重流放罪的刑期，制定了极其繁复的法律，只有那些吃饱了撑着的人，才能记清里面讲了些什么。他守卫着下面的一小帮贵族，维持着他们小小的显赫地位，任何对女侯爵的侮辱，也就是对他本人的侮辱。其次，玛丽娅太太的女婿在西班牙越发显达，虽然还不至于取而代之，但完全有可能威胁到总督。文森特·阿别雷伯爵不能惹，哪怕他那半疯半傻的丈母娘也得罪不得。最后，总督很想给这个女演员一点儿颜色瞧瞧。他怀疑她正瞒着自己和一个斗牛士私通，也许是个男演员——他周围都是阿谀奉承之人，自己又因为痛风而动弹不得，所以他也查不出究竟是谁。但无论如何，这个女歌手已经开始忘记他才是这个世界上说了算的人。

女侯爵不仅没有听见那些辱骂她的歌，对于女演员的来访也显得毫无准备。你应该知道，在她女儿离开之后，玛丽娅就开始想到一种解愁的办法：酗酒。秘鲁所有人都喝玉米酒，如果在节假日喝个酩酊大醉，倒也没有什么丢人的。玛丽娅开始发现，她那些狂热的自言自语总能让她彻夜不眠。有次她要休息时，喝了一杯玉米酒。那种遗忘的感觉实在美妙，于是她酒量渐增，还竭力向秘鲁人隐瞒她醉酒的真相。她只是说自己身体不佳，年老力衰，最后干脆都懒得假装了。载着她的家信去往西班牙的船每月只有一班。在寄包裹前一周，她会严格戒酒，在城里四处搜罗写信素材。最后，在邮船启程的前夜，她就开始写信，天亮前把包裹装好，让佩皮塔送给邮差。太阳出来之后，她就把自己锁在房间里，拿着大酒壶，在接下来的几周里喝得不省人事。最后，她会从这种幸福状态中走出来，准备进入"演练"状态，着手写下一封信。

于是，在剧院丑闻发生后的第二夜，她写了第二十二封信，然后端着酒杯上床休息。之后的一整天，佩皮塔都在房间里忙进忙出，紧张忧虑地看着躺在床上的主人。第三天下午，佩皮塔将她的针线活拿进房间。女侯爵躺在那里，瞪大眼睛看着天花板，自言自语。黄昏时，佩皮塔得知有人来敲门，原来是佩里绍莱过来拜见女侯爵。佩皮塔对剧院里发生的事还记得一清二楚，便传话回去，说主人拒绝见她。仆人把信捎到门

圣路易斯雷大桥

32

口，却又一脸敬畏地回来，说佩里绍莱手里拿着总督为她写的拜谒信。佩皮塔蹑手蹑脚走到床边，向女侯爵禀报。玛丽娅迷迷糊糊睁开眼，看着女孩的脸。佩皮塔轻轻地摇了摇她。玛丽娅努力想让自己清醒一些，好搞懂她说的这番话是什么意思。但接连两次，她都重新躺下，不愿去想其中的含意。最后，就像在黄昏的雨中吹响了各支纵队的集结号，她终于将记忆力、注意力等思维功能拼合起来。她痛苦地用手按住额头，请佩皮塔去拿一碗冰沙。当冰沙送到时，她懒懒地捧起一把，把它久久地按在太阳穴和面颊上。然后，她起身靠床站了半晌，开始找鞋子。最后她终于下定了决心，抬起头，找人送来她的皮草大氅和面纱。穿戴妥当后，她摇晃着走进那间气派的会客厅，女演员已经在那里等候多时了。

佩里绍莱原打算敷衍一番，如果可能的话，还想要耍横。但现在，她第一次被这个老妇人的气度给震慑住了。这位布商的女儿身上带着蒙特马约尔家族的那种气质，即使喝醉时，也有着赫卡柏[1]的威仪。对佩里绍莱来说，这半张半合的双眼带着

---

1 赫卡柏（Hecuba）：荷马史诗《伊利亚特》中特洛伊国王普里阿摩斯之后。

一种不怒自威的气度。于是她小心翼翼地说道："夫人，那天晚上您大驾光临来看我的戏，我这次来，是想让您别对我当时说的那些话有什么误会。"

"误会？误会？"女侯爵夫人说。

"尊敬的夫人，您也许误会我了，以为我说的那番话是想对您不敬。"

"对我？"

"尊敬的夫人，您难道没有觉得我这个下人冒犯了您吗？您可能会觉得我这样的穷演员有点不知分寸……这个很难……所有的事情……"

"我怎么会生气呢，小姐？我只记得你那天的演出棒极了。你是个伟大的艺术家。你应该感到非常幸福。我的手帕呢，佩皮塔……"

女侯爵说这番话时非常快，也非常含混，但佩里绍莱惊呆了。她心中感到万分羞愧，脸也红了。最后她只能喃喃道："是幕间表演的歌曲。我担心夫人您……"

"是的，是的，我现在想起来了。我提前走了，佩皮塔，我们提前走了，对吧？但是，小姐，你一定会谅解我们的提前离开，对吧，虽然你的幕间演出那么精彩。我忘记我们为什么要离开。佩皮塔……哦，因为我有点儿不舒服……"

任何在剧院里的人都不可能听不懂那些歌的意思。佩里绍莱只能认为是女侯爵出于某种宽宏大量，假装当时没往心里去。她几乎哭着说道："你大人不计小人过，真是太好了——哦，应该是您。我不知道。我不知道您如此宅心仁厚，请允许我亲吻一下您的手。"

玛丽娅惊讶地伸出自己的手。她已经有很久没有听到如此贴心的话了。她的邻居、家眷和仆人——就算是佩皮塔，也惧怕她——她自己的女儿甚至从未如此对过她。她的情绪上有了变化，或者说，她变得有些多愁善感。她开始滔滔不绝起来：

"生气？生你的气？我美丽……聪明的孩子？我一个……无人怜爱的傻老婆子，居然会生你的气，那我成什么了？我的孩子，我仿佛觉得自己就是——诗人是怎么说的来着——惊到了云上天使们的谈话。你的声音总是能给我们莫雷托的剧带来新的惊喜。当你说出这样的句子：

（你们男人就）这么确信，

55

一个美德如我的女人，

在如此清楚的事实面前，

会因为疑心而冒犯你吗？[1]

　　对！你在首演谢幕时做的手势多么棒啊！看，你的手就是这个样子，就像是圣母对加百列[2]说话时的手势：'我怎么可能怀上小孩？'哦，不，你要怪我了，因为我将告诉你一个手势，也许你哪天就能用得到。是的，它很适用于你原谅堂·胡安·德·拉拉那一幕。也许我应该告诉你，其实我曾经看我女儿做过这手势。我女儿非常漂亮……所有人都这么觉得。你……你认识我的克莱拉吗？"

　　"她常常会赏脸光临我的剧院。我对伯爵夫人的模样非常熟悉。"

　　"我的孩子，请不要这样单膝跪着——佩皮塔，告诉亚纳里托快点儿给这位女士拿些糕点。哎，有天我们闹翻了，我忘记是为什么事了。哦，这没什么奇怪的，所有母亲都时不时

1　原文见莫雷托的《行骗有方》（*Trampa Adelante*）。
2　加百列（Gabriel）：作为上帝使者的天使长。

会……来，我们能靠近点儿吗？你别信城里人的那些话，说什么她对我不好。你是一个心地纯净的好女孩，对这些事你肯定比一般人看得透彻——和你说说话，可真开心。你的头发多么漂亮啊！好漂亮的头发！——她不是一个非常热情奔放的人，我知道的。但是，哦，我的孩子，她是那么聪明，那么优雅。我们之间的所有误会显然都要怪我。她每次很快就原谅我，这不是很感人吗？有天我们又闹了些不愉快。我们彼此说话都很冲，然后各自回房间，却又回头来希望对方原谅。最后，我们就隔着一扇门，我们朝着相反的方向拉门。但最终她……捧着我的……脸……就这样，用她一双雪白的手。你看！这样！"

女侯爵朝前一倾，几乎要从椅子上摔了下来。她的脸上流淌着幸福的泪珠，一副享受至福的样子。我应该说，她的姿势颇为神秘，因为这件事不过是她不断出现的幻梦罢了。

"我很高兴你能来，"她继续说道，"因为现在你从我的嘴里，亲耳听到了她并非像别人说的那样不孝。听着，小姐，错的一方是我。看看我，看看我。我这样的母亲生出如此貌美的女儿，这就是个错误。我很难相处，喜欢折磨人。你和她都是很了不起的女人。不，让我说完：你是一个绝世女人，而我只是一个神经兮兮……愚蠢……糊涂的女人。请让我吻你的脚。我没救了。我没救了。我没救了。"

此时，这个老妇人真的从椅子上跌了下来。佩皮塔扶起她，带她回到床上。佩里绍莱满心错愕地走回了家，久久地坐在凳子上，看着镜子里自己的眼睛，用手掌紧压着面颊。

然而，见证过女侯爵最多苦难的，却是她的小仆从佩皮塔。佩皮塔是孤儿，被利马城一个稀罕人物养大，她就是女修道院院长马利亚·德尔·皮拉尔嬷嬷。秘鲁这两位伟大女性仅有的一次碰面，就是在玛丽娅夫人拜访圣马利亚·罗莎·德·拉斯罗莎斯女修道院的那天。她想从孤儿院中挑一个聪明伶俐的丫头给自己做伴。院长紧紧地盯着这个古怪的老妪。世上最聪明的人也会有想不明白的时候，马利亚·德尔·皮拉尔修女能够窥破所有愚蠢傲慢的假面，看到里面那颗可怜的人心，但她却一再拒绝把人交给蒙特马约尔女侯爵。她问了玛丽娅夫人很多问题，然后就停下来考虑。她想让佩皮塔感受一下贵族人家的世俗生活，也想帮这个老妇人一把。她心里充满了阴郁的愤怒，因为她知道自己眼前是全秘鲁最富有，也是最盲目的女人。

马利亚·德尔·皮拉尔修女是世上少有的愿意为了追随理想而牺牲自我生活的人之一，因为她这种人都执迷于一种理想，而这种理想真正在人类文明史上出现，还要等到几个世纪以后。她致力于对抗时代的顽疾，渴望能赋予女性一丝尊严。夜深人静时，当为修道院算完账，她就会产生一种疯狂的幻想，希望女同胞哪天能够组织起来，保护她们自己，无论是在外旅行的还是做仆人的女人，无论是年迈的还是生病的女人，无论是她在波托西的矿井里见到的还是在布商作坊里工作的女人，抑或是她在下雨的夜晚从门口收养的那些女孩。可是，到了第二天早晨，她往往就不得不面对这样的事实，即秘鲁的女性（甚至包括她手下的修女们）在生活中都抱着两种想法：第一，她们生活中遭遇的所有不幸，都仅仅是由于她们还不够有魅力，不足以吸引住男人来养活她们；第二，若有了他的宠爱，世界上所有的苦难就都值了。她并不了解除了利马城之外的任何地方，但她认为这里的腐败代表了人类的普遍状态。若从我们这个世纪来回顾这些，就会发现她的这些希望有多么愚蠢。就算有二十个像她这样的女人，也同样会失败，那个时代不会受到她们的丝毫影响。但她还是兢兢业业地做着自己的事情。她就像童话中的燕子，每隔千年就衔来一粒稻谷，希望能借此堆成一座通往月亮的高山。每个时代都会有这样的人，她们固执地搬运着稻谷，从旁人的讥讽中获得一种快乐。"她们穿得真古怪！"我们说，"她们穿得真古怪！"

她朴实的脸上写满了仁慈，但比仁慈更多的，是理想主义，比理想主义还要多的，则是她作为当家人的责任。她需要工作，要维持医院、孤儿院和女修道院的运转，还要在紧急情况下外出救人，所有这些都要用钱。没有人比她更渴望纯洁的慈善，但她有职责在身，为了当好领导者，必须要牺牲自己的仁慈甚至是理想主义。她需要从教会高层那里获得资助，这得花费极大的气力。利马大主教（我们后面会说到他一些好的地方）对她恨之入骨，觉得自己若能不再与此人见面，那就是晚年的莫大安慰。

近来，她不仅感到了这个旧时代对她公然的敌意，还感到了更严重的威胁。她感到浑身上下一阵恐惧，不是为她自己，而是为她的事业。秘鲁还有谁像她那样珍视这些事情？有天早晨，她起床去医院、修道院和孤儿院做了一番简单的巡视，希望能发现一个人，并将之培养为继任者。她扫视着那一张张空洞的面庞，偶尔会驻足端详，并非因为她有所确信，而是出于某种希冀。在院子里，她恰好碰见了一群女孩儿在做布。她的目光落在一个十二岁的小女孩儿身上。此人一边指挥别人在木盆边干活，一边还和她们绘声绘色地讲着利马的圣罗撒[1]那些匪夷所思的奇迹故事。于是她就选定了这个叫佩皮塔的女孩。任何时候要想培养一个伟人都是件难事，但在修道院里，为了避免众人的猜疑嫉妒，这一切还必须悄悄进行。佩皮塔被派去做修道院里各种最苦的差事，但她通过这些工作，逐渐熟悉了修道院的管理。她陪着院长外出旅行，哪怕她的职责不过是看管一下鸡蛋和蔬菜。院长会随时随地、出其不意地出现在她眼前，与她促膝长谈，不仅仅谈宗教的体验，也谈如何管理妇女、如何规划传染病房、如何获得布施。为了培养她当好接班人，院长还交给佩皮塔一个疯狂的职责，那就是去给玛丽娅夫人当侍从。起初两年她还只是隔三岔五在下午过去，最后就干脆住在府里了。从来没有人教她去期待什么幸福，对一个十四岁的女孩儿来说，这份新工作的诸多不便（更不用提那份担惊

---

1 利马的圣罗撒（Saint Rose of Lima，1586—1617）：第一个被罗马教廷封
   圣的美洲本地出生的信徒，她父亲是西班牙军人，母亲是本地印加人。

受怕）似乎也还能吃得消。她确信修道院院长会一直在那儿庇护着她，会体谅到其中的辛苦，不会让过大的压力变成一种伤害。

对佩皮塔的考验有些是身体上的。比如，家里的仆人会利用玛丽娅夫人身体不佳而作乱：他们打开府邸卧室给亲戚住；他们随意盗窃。佩皮塔会独自对付这些人，并因此遭到各种刁难和捉弄。而她精神上也要面对相似的痛苦。当她陪着玛丽娅夫人在城里办事时，这位老妇人会一时心血来潮地冲进教堂。虽然她已经失去了信仰，但仍寄希望于宗教的魔力。"你在有阳光的地方待着，我亲爱的孩子，我不会太久的。"她说道。然后，圣坛前的玛丽娅夫人就会沉浸在自我幻想中不可自拔，最后从偏门离开。佩皮塔是马利亚·德尔·皮拉尔修女一手养大的，她懂得近乎病态的服从。当过了很久，她鼓起勇气走进教堂，发现女主人确实已经不在的时候，她还是会回到街上等，直到太阳落山，暮色降临。她就那样在大庭广众之下等着，小女孩儿的自尊心因而备受折磨。她还穿着孤儿院的制服（如果玛丽娅夫人真的懂得体贴，肯定会想到给她换身衣裳），恍惚中感觉到街上的人似乎都在盯着她看，并且窃窃私语——

这些并非总是幻觉。有些时候，玛丽娅夫人会突然意识到她的存在，然后温柔风趣地和她聊天，短暂地展现出那些书信中优雅动人的一面；到了第二天，她又会变得郁郁寡欢，虽然还不至于刻薄，但也是一副不近人情和熟视无睹的模样。这些同样让她的心灵备受煎熬，佩皮塔刚刚萌发的希望和对爱的渴求就受到了伤害。她在府邸里悄悄地走来走去，一言不发，充满困惑，完全靠着责任感和对"宗教母亲"（也就是送她到这里的马利亚·德尔·皮拉尔修女）的忠诚在苦苦支撑。

最后发生了一件事情，它对女侯爵和她侍从的生活都产生了巨大的影响。"我亲爱的母亲，"伯爵夫人写道，"天气非常折磨人，而果园和花园到了开花的时候，这更让人受不了。如果花朵没有香味，我倒是能够忍受的。所以我得请您原谅这封信要比平时短。假如文森特在邮船离开之前回来，他会很乐意再补上几笔，向您讲讲那些您爱听的琐事。我这个秋天不会按原计划去普罗旺斯的格里尼昂了，因为我的孩子会在十月初出世。"

什么孩子？女侯爵倚着墙。克莱拉已经预见到这个消息会让母亲激动到难以自持，所以就想方设法以一种随便的口吻来宣布这个消息。这个办法并没有奏效。结果就有了著名的第四十二封信。

现在女侯爵终于有盼头了：她的女儿将成为一位母亲。这件事让克莱拉感到很无聊，但却让女侯爵夫人操起更多的心来。她搜罗了大量的医学知识和窍门，在城里四处寻访那些有经验的老妇女，然后把新世界的各种民间智慧一股脑地倒在信里给女儿看。她变得极度迷信，为了保护自己的孩子，开始讲究各种不入流的禁忌。她不允许在家里打结，女仆被禁止编辫子，她还在身上弄一些古怪的符号以保佑女儿平安分娩。她在楼梯的偶数台阶上标出红色粉笔印，有个女仆因为不小心踩上了一节偶数台阶，又哭又喊地被逐出家门。克莱拉的命运就这样交付给了邪恶的自然，大自然有权向她的孩子加诸最可怕的捉弄。世世代代的农村妇女们发现，若想心安，就要照规矩来，以求大自然的善待。无数人可以做证，这个办法还是可信的，至少没有什么害处，而且可能会有好处。但是女侯爵并不仅仅满足于这些异端的仪式，她也研究基督教的各种规矩。她半夜里起床，蹒跚着走到街上，参加最早的弥撒。她疯一般地抱住圣坛的围栏，想从那些华丽的小雕像里得到启示。只要一个启示，一个鬼魅的微笑，或是看到蜡像悄悄点一下头。一切都会安然无恙吗？最最仁慈的圣母，一切都会好吗？

很多时候，在一天的疯狂祈福之后，她会感到一阵子厌烦。大自然是听不到的，上帝也是麻木不仁的。人没有什么力量去改变自然规律。于是，她走到某个街角时会停下脚步，感到绝望所带来的眩晕，然后久久地倚着墙，只因在这个世界看不到任何的定数。但没多久，她内心深处又会升起对那伟大的"可能性"的信仰。于是，她赶紧跑回家中，重新点亮女儿床上的蜡烛。

最后，她要去完成秘鲁家庭在孩子出世前的最重要仪式：去克朗布卡圣母院朝圣。假如虔诚信教有什么功效的话，那肯定就体现在去这个伟大圣地的朝拜上。这个地方对三个宗教而言都是神圣的。甚至在印加文明衰落之前，人类就已经抱着石头，用鞭子抽打自己，以恳求上天能满足自己的愿望。女侯爵是坐椅轿上去的，她穿过圣路易斯雷大桥，翻山越岭，慢慢走着，慢慢笑着，前往这个孕妇之城，前往这个静谧的小城。此处空气清新凉爽，如流往喷泉的溪涧一般。在这个城市里，钟声不绝，互争高下，却温柔悦耳，悠然和谐。如果说在克朗布卡有什么令人失望的地方，那就是哀伤会被安第斯山脉的巍峨所稀释，会被街头悄然流动的欢乐所淡化。女侯爵刚一眺望到这个坐落在最高峰脚下的小城，看到它白色的围墙时，她那转动念珠的手指就停了下来，嘴唇间紧张忙碌的祷告也戛然而止。

她甚至没在旅馆下车，而是让佩皮塔去安排住宿，自己则直接去了教堂，长久地跪在那里，轻轻地拍打着双手。她正在聆听自己心中涌起的又一拨断念。也许，她应该学着让女儿和她自己的神去自行其是。穿着棉衣的老妇人在旁边窃窃私语，她们是卖蜡烛和纪念章的，从早到晚谈的都是钱，但玛丽娅夫人并不介意。她甚至都没有被教堂司事所打扰到，此人是负责收费的，总爱多管闲事，借口说要修地板上的木条，要求她挪地方。于是，她走到阳光下，坐在喷泉台阶上。她看着那些残疾人绕着花园列队缓行，看着三只老鹰在天空翱翔。在喷泉边玩耍的孩子们盯着她看了一会儿，然后警觉地走开，但一头美洲驼（是母的，脖子很长，眼神温柔而恬淡，背着一个对它而言非常沉重的毛斗篷，步态优雅地走下望不到头的台阶）走了过来，把它那柔软的裂鼻伸过来，让玛丽娅抚摸。美洲驼对周围的人非常感兴趣，甚至喜欢假装自己也是其中一员，凑到谈话的人群当中，仿佛她不久就会提高嗓门，发出一两句平淡但却管用的评论。玛丽娅夫人不久就被很多这样的姊妹围了起来，她们似乎要开腔问她为何如此拍掌，问她那个面纱是多少钱一米买的。

玛丽娅夫人交代了身边人，所有从西班牙寄来的信件都要经由特别信使立刻带到这里。她从利马到这里，一路走得很慢，所以当她坐在广场上时，一个她农场里的男孩儿跑了过来，递给她一个大邮包，上面裹着羊皮纸，还挂着几块封口蜡。她缓缓打开信封，先故作镇定地读了女婿写来的一封充满关爱和诙谐的短信，然后再读女儿的来信——里面说的，都是些冠冕堂皇但却伤人心肺的话，她女儿之所以要这么写，也许就是为了显示折磨母亲的纯熟技巧吧。信中的每个词语都映入了女侯爵的眼帘，然后她小心翼翼地用理解和宽宥将这些伤人之语包裹起来，让它们沉入自己的心中。最后她站起身，温柔地驱赶开那些同情她的美洲驼，带着肃穆的表情又重新回到教堂里。

玛丽娅夫人把下午的时间都耗在了教堂和广场，而佩皮塔则留下来准备她们的住宿。她告诉搬运工如何摆放那些大的柳条篮子，然后把祭坛、火盆、壁毯和克莱拉的肖像从行李中拿出来。她跑到厨房，仔细交代厨子如何准备一种特殊的粥，女侯爵就以它为主食。然后她回到房间里等着。她决定给修道院院长写一封信。她拿起鹅毛笔，犹豫了很久，嚅动双唇，凝视远方。她看见了马利亚·德尔·皮拉尔修女的脸庞，如此红润而干净，还有她那双明亮的黑色眸子。她还听见了她的声音，就是在晚饭（孤儿们坐在那里，双目低垂，两手叠放在一起）结束时，她总结一天事务时的声音，抑或是她在烛光下，站在医院病床旁，宣布晚间冥思主题时的声音。但佩皮塔记得最清楚的，还是院长（她不敢等到女孩儿长大）和她讨论让她做接班人时的问话。她和佩皮塔说话时，就像是个同辈之人。对聪明的孩子来说，这样的说话方式既让人不安，又让人高兴，而马利亚·德尔·皮拉尔修女把这样的谈话用到了极致。她让佩皮塔开悟，让她知道自己该如何超越年龄去感觉和行动。她鲁莽地将自己性格中那熊熊烈火的一面呈现给了佩皮塔，就像朱庇特对待塞墨勒[1]的方式一样。佩皮塔深深感到一种力不能及，

1　塞墨勒（Semele）：朱庇特的女祭司，也是朱庇特的情妇。她在朱诺的唆使下，要求朱庇特以天神的面目出现，因无法承受伴随主神出现的雷火而被烧死。

她尽量掩藏自己的自卑，只是哭泣。然后，院长就让这个孩子去接受漫长孤独的考验。佩皮塔在孤独中挣扎，拒绝相信她已经被抛弃了。现在，当她置身于这个陌生山区的陌生旅店时，高海拔令她头晕目眩，她只是渴望那个人的存在，那个她生命中唯一真实的东西。

她写了一封信，字迹潦草，语法混乱。然后她到楼下去看新烧的炭火，再尝尝粥做得如何。

女侯爵进来坐在桌边。"我再也坚持不下去了，一切都听天由命吧。"她呢喃道。她解下了自己因为迷信而戴在颈上的护身符，将它们扔到燃烧的火炉里付之一炬。她有一种奇怪的感觉，认为是自己不断的祷告惹恼了上帝，所以现在对他说话也不敢直来直去了。"无论如何，这都是掌握在别人手上的。我不再奢求任何改变。一切都听天由命吧。"她坐了很久，把手掌放在脸颊上，让自己的思绪清空。她的目光落在了佩皮塔的信上。她机械地打开信，开始读了起来。读完一半的时候，她才意识到这里面写的是什么："……假如您喜欢我，希望我陪着她，这都没什么。我不应该告诉您这些，但时不时一些坏心眼的女仆会把我锁在房间里，然后去偷东西，也许夫人还会怀疑到我头上。我希望没有。我希望您身体健康，无论是在医院还是在哪里，一切都顺顺利利。虽然我不能见您，但总是记挂着您，想着您告诉我的话，我亲爱的教母。我只想做您让我去做的事，但如果您能让我回修道院几天就好了，如果您不希望这样，那就算了。但我是如此的孤独，无人说话。有时我都不知道您是否已经忘了我，假如您能抽点时间，给我写封短信什么的，我可以把它存起来，但我知道您有多忙……"

玛丽娅夫人读不下去了。她把信折起来，放在一边，心中涌起了一股嫉妒：她多么渴望能像这个修女那样，去完完全全地掌控别人的灵魂。她尤其渴望能回到那种简单的爱当中，扔掉她一直以来背负着的傲慢和自负。为了让心中的波澜平息下去，她拿起一本祈祷书，试着让注意力集中到书本上。但过了一会儿，她突然觉得自己需要再读一遍这封信；如果可能的话，她想在这里找到获得至福的秘密。

佩皮塔回来时，手里端着晚餐，后面跟着一个女仆。玛丽娅夫人隔着书注视着她，就像在看一个从天堂来的访客。佩皮塔小心翼翼地在房间里布置餐桌，低声吩咐助手帮忙。

"您的晚餐好了，夫人。"她最后说道。

"我的孩子，你和我一起吃吧？"在利马，佩皮塔通常是和女主人一起坐下来吃饭的。

"我以为您身子累了，夫人，所以就在楼下吃过了。"

"她不希望和我一起吃，"女侯爵想道，"她知道我的为人，她不想要我。"

"您希望我在您吃饭时读点什么吗，夫人？"佩皮塔问道。她觉得自己犯了错误。

"不用，你可以上床去了，如果你想的话。"

"谢谢您，夫人。"

玛丽娅夫人站起身，走到桌前。她把一只手放在椅背上，犹豫地说道："亲爱的孩子，我明早要给利马送一封信去。你有没有什么信可以和我的一起送。"

"没有，我没信，"佩皮塔说，她很快加了一句，"我得下楼去了，要给您换些炉炭。"

"可是，亲爱的，你不是有一封……写给马利亚·德尔·皮拉尔修女的吗？你不愿意……？"

佩皮塔假装在忙着弄炉子。"不，我不寄这封信，"她说道，在接下来漫长的沉默当中，她发现女侯爵一直都呆呆地看着她，"我改变主意了。"

"我想她会希望收到你的信的，佩皮塔。这会让她很开心，我知道。"

佩皮塔脸红了。她大声说道："客栈老板说，天黑时会给您备些新炭。我现在就让他们拿上来。"她匆匆地瞥了一眼这个老妇人，发现她还是目不转睛地盯着自己，眼里带着巨大的悲伤和不解。佩皮塔觉得这些东西拿出来说不太好，但这个奇怪的女人似乎非常看重此事，所以她还是愿意再告诉她更多的答案："不，这封信写得很糟糕，它写得不好。"

玛丽娅夫人猛地说道："为什么，我亲爱的佩皮塔？我觉得写得很好啊！相信我，我知道的。不，不，它怎么可能是一封糟糕的信呢？"

佩皮塔皱起眉头，希望能找到个托词，让这件事告一段落。

"信写得……不够……勇敢。"她说道。然后她就再也不说话了。她把信拿回到自己房间，听声音，是把它给撕了。然后她上床躺着，双眼望着黑夜，依然在为这样的谈话方式而感到难受。玛丽娅夫人坐下来吃饭，心中还是很惊讶。

她从来没有勇敢地面对生活和爱。她仔仔细细地审视着自己的内心，想到了那些护身符、念珠和醉酒……想到了自己的女儿。她记得在这段漫长的母女关系中，充斥着关于陈年旧事的痛苦交谈，充斥着无端臆想的轻言冷语，充斥着不合时宜的倾诉告白，充斥着关于冷漠和排斥的指责（但她那天肯定是疯了，她记得自己拍了桌子）。"但这不是我的过错，"她喊道，"我这个样子，并不是我的错，而是环境造成的，是我生长的环境造成的。明天我就开始新的生活，等着瞧吧，我的孩子。"最后她把桌子收拾干净，坐下来写她所谓的"第一封信"，第一封怀着勇气、潦草写成的信。她羞愧地记起自己在上一封信中可怜兮兮地问女儿到底有多爱她，还贪婪地引用克莱拉最近写给她的亲热话，其实那也不过是闪烁其词的寥寥几句。玛丽娅夫人已经想不起那些信纸上写了什么，但她可以再写些新的，随便写，无拘无束。除了她，没人会认为这些句子是胡拼乱凑的。这就是著名的第五十六封书信，被百科全书编纂者称为她的《新哥林多前书》[1]，因为里面有一段关于爱的不朽名句：

---

[1] 这是使徒保罗写给哥林多教会的第五十六封信。他写的第一封书信为《哥林多前书》（*Corinthians*），被收录在《圣经·新约》的保罗书信集中。

"在我们一生遇到的成千上万人中，我的孩子……"快天亮的时候她才把信写好。她打开阳台的门，眺望着安第斯山脉上方闪烁的群星。夜晚时分，虽然没有几个人真的能听到，但其实整个天空都响彻着这些星座的歌唱。然后她拿着蜡烛走进隔壁房间，看着熟睡中的佩皮塔，整理着这个姑娘脸上湿润的头发。"现在让我活吧，"她低语道，"让我重新开始吧。"

两天以后，她们启程返回利马。经过圣路易斯雷大桥时，我们知道的那个事故发生在了她们身上。

圣
路
易
斯
雷
大
桥

伊斯特班

　　一天早晨，在圣马利亚·罗莎·德·拉斯罗莎斯女修道院门口，人们发现一个装有双胞胎弃婴的篮子。奶妈还没到，人们就给他俩起好了名字。但名字对他们而言，不像对我们大多数人那么管用，因为还没有人能够把这两个男婴区分开来。谁也不知道他们的父母是谁，但利马人发现，两个男孩长大后，腰板都非常挺直，性格沉默阴郁，于是有传言说他们是卡斯蒂利亚人[1]，便将他们轮流放在各个富人家的门口。这个世界上最像他们监护人的，就是女修道院的院长了。马利亚·德尔·皮拉尔嬷嬷憎恨一切男人，但她后来很喜欢曼纽尔和伊斯特班。

---

[1]　卡斯蒂利亚人（Castilian）：西班牙主要的民族之一，其文化是西班牙文化的重要组成部分。

下午，她会叫他们去她办公室，找人从厨房拿些糕点，然后给他们讲熙德[1]、犹大·马加比[2]的故事，还讲哈利昆[3]的三十六难给他们听。她非常喜爱他们，以至于常常会出神地望着他们忧郁的黑眼眸，设想他们成为男人之后的模样；而男人的特征，不过就是无灵魂的丑陋，她为之奋斗的世界也因而变得乌烟瘴气。他们在修道院里长大，后来岁数大了才离开，因为他们在那里已经有些干扰虔诚的修女们了。从那以后，他们就和城里所有收藏圣物的地方打上了交道：为修道院的树篱修剪枝丫，把所有的耶稣受难像磨光蹭亮，每年用湿布把大多数教堂的天顶擦一遍。利马所有人都认识他们。每当牧师在街上提着贵重的器具赶往病房时，伊斯特班或曼纽尔就会大步跟在后面，手里晃着香炉。不过，等他们更大一些以后，对牧师生活却没什么兴趣。他们逐渐干上了抄写员的行当。美洲几乎没有什么印

1　熙德（Cid）：西班牙史诗《熙德之歌》中的著名英雄人物。曾为卡斯蒂利亚的阿方索六世的陪臣，长期为西班牙和摩尔人与敌方作战，因对国王效忠，召回后受宠，成为护国公和巴伦西亚的统治者。

2　犹大·马加比（Judas Maccabeus）：古以色列人祭司长亚伦的后裔，犹太祭司玛他提亚的第三个儿子。犹大·马加比继承父亲对抗塞琉古帝国的统帅职位，他也是犹太人历史中与约书亚、基甸、大卫齐名的英勇战士。

3　哈利昆（Harlequin）：意大利喜剧中的一种小丑类型。

刷厂，两个小伙子给戏院誊剧本、帮老百姓抄歌谣、为商人写广告，很快就解决了生计问题。最重要的是，他们是唱诗班指挥的誊写员，抄了无数本莫拉莱斯[1]和维多利亚[2]的赞美诗。

因为没有家人，因为是双胞胎，再加上是女人带大的，所以他们沉默寡言。在他们心中，彼此的相似是一种奇怪的耻辱。两人不得不活在一个以此作为谈资笑料的世界，但这对他们而言并不好笑。他们抱着极大的耐心，忍受了无休止的戏弄。刚开始学说话时，他们就发明了属于自己的秘密语言，它几乎不用西班牙语的词汇，甚至连句法都不相干。他们只在独处时才用这种语言，如果遇到心情不好，又有别人在场，他们就会隔很久才悄声说几句。利马大主教喜欢研究语言，对方言偶有涉猎，甚至还做过一张很好的图表，上面标明了从拉丁文到西班牙文、从西班牙文到印第安—西班牙文的元音辅音变化。他积攒了很多奇闻趣事的笔记，准备留到告老还乡后，去他在塞戈维亚郊外的宅子里读。因此，当听说了这对孪生兄弟

---

1 莫拉莱斯（Cristóbal de Morales, 1500—1553）：西班牙文艺复兴时期的著名作曲家。

2 维多利亚（Tomás Luis de Victoria, 1548—1611）：西班牙16世纪最著名的作曲家。

会讲秘密语言之后，他就提笔写信，派人请这对儿兄弟来。男孩儿们站在他书房那昂贵的地毯上，听大主教问他们怎么用自己的语言来说"面包""树""我看见"和"我曾看见"时，觉得自尊心受到了伤害。他们不知道为什么这段经历让他们如此痛苦。他们的心在淌血。每当大主教提出一个问题，接着就是令人尴尬的长久沉默，直到最后他们中的一个嘟哝出答案。大主教起初以为他们只是吓坏了，因为要面对他这样身份的人，要面对如此奢华的房间。但最后，困惑的大主教终于感到了男孩们心中深深的不情愿，于是就伤心地让他们走了。

这门语言象征了他们彼此间复杂的身份关系，因为就像"断念"这个词不足以描述蒙特马约尔女侯爵那晚在克朗布卡的客栈所经历的精神转变，"爱"这个词也难以描述两兄弟那种沉默（甚至有些羞愧）的浑然一体。这是怎样的一种关系呢？几乎不需言语交流，所说的无外乎是衣食和工作？这两人甚至古怪到不愿对视，而且还心照不宣地避免同时在城里现身，哪怕去做同一件事，也要走不同的路。与此同时，他们彼此却又强烈地需要对方，以至于会产生一些自然奇迹，就像闷热天气里空气因带电而产生的闪电一样。兄弟俩自己倒没有意识到这一点，但在他们的生活中，心灵感应却是家常便饭。当一个人回家，另一个人总是隔着几条街就能感觉到兄弟的脚步。

他们突然发现自己厌倦了替人抄东西，就去海边找了份差事，帮助船只卸货装货，并且毫不介意和那些印第安人一起工作。他们曾在各地赶过牲口，捡过水果，还做过摆渡工人。他们总是沉默不语。因为常年劳作，他们阴郁的脸庞晒得像吉卜赛人一样。他们很少理发，黑色的头发很蓬乱，突然抬头时，眼睛里流露出惊讶和一丝阴沉。整个世界都遥远陌生，而且充满敌意，除了兄弟俩自己。

但最后，这种亲密也第一次蒙上了阴影，而这个阴影来自对女人的爱。他们后来回到城里，重新干起了为剧院抄写台词的营生。有天晚上，经理预感到票房会不好，就让他们免费入场。男孩们并不喜欢眼前的这些东西。对他们而言，甚至连言语都是一种堕落了的沉默，而作为言语堕落后的产物，诗歌又该是有多么无用啊。所有那些提到荣誉、声名、爱火的典故，所有那些关于鸟禽、阿喀琉斯和锡兰珠宝的比喻，所有这些都令人生厌。在文学面前，他们拥有一种黑暗的智慧，就像有着乌溜溜眼珠的狗一样。但他们还是耐心地坐在那儿，看着那些明亮的烛火和精美的衣服。幕间休息时，佩里绍莱从她的角色中走出来，穿上十二件衬裙，在幕前跳起舞来。伊斯特班还有一些抄写的活儿要做，或许这只是个借口，但他提前回家了。曼纽尔留在那里看。佩里绍莱的红色袜子和鞋给他留下了深刻的印象。

兄弟二人都是在舞台后面那布满灰尘的楼梯上来回取送手稿。在那里，他们看见了一个脾气暴躁的女孩，她穿着脏兮兮的紧身胸衣，在镜子前修补着自己的袜子，而她的舞台经理则大声读着台本，帮她记词。她曾眼神一愣地盯着男孩们看，须臾便恍然大悟，意识到他们竟是双胞胎。她立刻把这两个男孩拽进房间，让他们并排站在一起。她认真而开心地注视着他们脸庞上的每一寸皮肤，毫无忌惮。最后她将一只手放在伊斯特班肩上，大声说道："这个是弟弟！"这是几年前的事情了，兄弟俩都没有再回想过当时的情景。

从那以后，曼纽尔干所有的活儿似乎都要从剧院经过。夜深时，他还会在她更衣室窗外的树下游荡。这不是曼纽尔第一次为女人倾倒（两兄弟都曾试过鱼水之欢，而且次数不少，尤其是他们当年在码头工作的时候；但用拉丁语来说，那只是逢场作戏），但这是他头一遭让自己所有的意志和想象都深陷其中。他不再像当年那样单纯质朴，不再能将爱情与欢愉分开。欢愉不再像吃饭一样简单，它被爱情复杂化了。此后，他疯狂地迷失了自我，除了对爱人的迷恋，一切都可以惘然不顾。他狂热的心中只有佩里绍莱一个人，她若能猜到，一定会为这种痴情感到震撼和恶心。曼纽尔坠入爱河，这并不是出于任何对文学的模仿。仅仅在五十年前，法国有一种非常刻薄的说法：如果没听过爱情故事，很多人根本不可能爱上谁。但这个说法不适用于他。曼纽尔很少读书，只去过一次剧院（在那种地方，大多数传奇故事说的都是"爱即献身"）。他可能听过秘鲁人的酒馆歌谣，但那些和西班牙的不同，极少反映那种对理想化女性的浪漫崇拜。他告诉自己，她既漂亮又有钱，巧舌如簧，而且还是总督大人的情妇，所有这些都让她更加遥不可及。不过，曼纽尔并没有因此而减少对她充满好奇和温柔的迷恋。他倚靠在黑暗的树下，紧紧咬住手指关节，听着心脏突突地跳动。

但此时伊斯特班的生活却已够充实了，已没有空间来想象一个新的崇拜对象。这并非因为他的内心世界比曼纽尔狭小，而是因为他的心脏有着更为简单的构造。现在，他发现了那个众人很难觉察的秘密：即使在最完美的爱情里，两个人的爱也不是对等的。也许两个人可以同样好，同样具有天赋，同样的漂亮，但他们对彼此的爱绝不可能是平等的。所以，伊斯特班坐在房间里，点着一根蜡烛，咬着指关节，疑惑为什么曼纽尔会有这么大的变化，为什么他们生活中全部的意义都不见了。

有天晚上，曼纽尔在街上被一个小男孩叫住，说佩里绍莱希望他立刻去见她。曼纽尔立刻跑到剧院，表情严肃地走进这个女演员的房间，直板板地站在那里恭候，连大气都不敢喘。佩里绍莱要曼纽尔替她做件事，觉得应该先说几句好听的，但她一直在梳着桌上的金色假发。

"你是替人写信的，对吧？我想让你帮我写封信。请过来。"

他往前走了两步。

"你们两个人压根儿就不怎么来看我演戏，这可不是西班牙人的做派。"——意思是"会献殷勤"——"你是哪一个，曼纽尔，还是伊斯特班？"

"曼纽尔。"

"这无所谓。你们两个都不怎么友好，两个都没来看过我。我现在整天坐在这里记台词，没有人来看我，除了一些小商贩。难道这不是因为我是演戏的？"

这些话并不算巧妙，但对曼纽尔来说，它们已经复杂得难以言喻了。他只是透过自己长头发的遮蔽，盯着她看，听她在那里胡掰。

"我想请你为我写一封信，很私密的信。但现在我能看出来，你并不喜欢我。请你写信的话，就相当于去所有酒馆把它公之于众了。你这个表情是什么意思，曼纽尔？你是我的朋友吗？"

"是的，女士。"

"回去吧，找伊斯特班来。你在说'是的，女士'时，根本不是朋友的那种说话方式。"

长久的沉默。很快她抬起了头："你还在那里吗，不友好的家伙？"

"是的，女士……你尽管放心让我做任何事……你可以信任我……"

"假如我让你写一两封信，你可要发誓，绝不向任何人提起信的内容，甚至不能说是你写的。"

"好的，女士。"

"你用什么来发誓？——以圣母玛利亚？"

"是的，女士。"

"而且要用利马圣罗撒的心来发誓？"

"是的，女士。"

"你倒是说清楚名字啊，曼纽尔！所有人都会以为你傻得像头牛，曼纽尔。我对你很生气。你又不傻，你看起来不傻。请不要不停说'好的，女士'。别这么傻了，要不我就去请伊斯特班来。你没问题吧？"此时，曼纽尔用起了西班牙语，异常大声地说道："我用圣母玛利亚和利马圣罗撒的心来发誓，任何和信有关的都是秘密。"

"甚至不能告诉伊斯特班。"佩里绍莱提醒他。

"甚至不能告诉伊斯特班。"

"好，这样好多了。"她招呼他坐在桌旁，上面已经备好写字的东西。当她口述时，她在房间里来回踱步，皱着眉头，晃着屁股。她两手叉着腰，用力地将披肩勾在肩膀上。

"卡米拉·佩里绍莱亲吻阁下的手，并谨述如下——不，换一张纸，重新写。演员米凯拉·维拉加斯[1]小姐亲吻阁下的手，并谨述如下：因为蒙 Y.E. 善心而服侍左右的奸佞友人搬弄是非，她无法忍受 Y.E. 的怀疑和嫉妒。Y.E. 的仆人对其朋友一直尊敬有加，从未敢加以得罪。但她已不能回击 Y.E. 如此笃信的诽谤。因此，被称为佩里绍莱的演员维拉加斯小姐退回 Y.E. 的礼物，它们只能物归原主，因为没有 Y.E. 的信任，Y.E. 的仆人无法再喜欢它们。"

佩里绍莱继续在房间里走了几分钟，完全陷入自己的思绪里。不久，她看都没看自己的秘书一眼，就吩咐道："再拿一张纸。你疯了吗？压根儿别想又拿公牛来献给我。它已经带来一场可怕的战争了。愿上天保佑你，我的小马驹。周五晚上，老地方，老时间。我可能会稍微晚点儿，因为那只狐狸睡得很浅。就写这么多了。"

曼纽尔站起身。

1　米凯拉·维拉加斯（Micaela Villegas，1748—1819）：18 世纪秘鲁最著名的女艺人，绰号是"佩里绍莱"，1761 年到 1776 年，她曾是秘鲁总督的情妇。怀尔德笔下的卡米拉·佩里绍莱即从这个历史原型脱胎而来，但两人生卒年代显然差得很远。有趣的是，历史上这个女人的总督情人就叫曼纽尔（Manuel de Amat y Juniet）。

"你发誓没出错吧？"

"是，我发誓。"

"这是给你的钱。"

曼纽尔接过钱。

"我不时还会找你写信。我叔叔皮奥通常会帮我写信，但我不想让他知道这些信的存在。晚安，愿上帝保佑你。"

"上帝保佑。"

曼纽尔走下楼梯，在树中间站了很久，什么都没想，什么都没做。

伊斯特班知道他哥哥总是为了佩里绍莱而魂不守舍，但从未猜到他们会见面。在接下来的两个月，不时会有一个小男孩儿急匆匆过来找他，问他是曼纽尔还是伊斯特班。当得知他是伊斯特班，这个男孩儿就会说剧院有人找曼纽尔。伊斯特班以为是有人请他去做抄写，所以完全没料到有天晚上那顾客竟然会找到他们的房间来。

当时差不多已是凌晨。伊斯特班上了床，盖着床单，看烛火边的哥哥在工作。这时有人轻轻地叩门，曼纽尔打开门，迎进来一位围着厚面纱的女士。她上气不接下气，非常紧张。她将围巾从面前摘下来，急匆匆地说：

"快，纸墨。你是曼纽尔，对吧？你必须立刻给我写封信。"

她的目光落在了小床上，那里有一双闪亮的眼睛正盯着她。她低语道："伊……你必须原谅我，我知道已经很晚了，但必须得这样……我必须来。"她转到曼纽尔那边，对着他耳语道："这么写：我，佩里绍莱，不习惯在幽会地点等你。你写完了吗？你不过是一个印第安佬，还有比你更棒的斗牛士，甚至是在利马。我有一半的卡斯蒂利亚血统，世界上再也找不到比我更好的演员了。你不该有机会——你写下来了吗？——再让我等你，印第安佬，我会笑到最后的，因为甚至连女演员都比斗牛士老得慢。"

对笼罩在佩里绍莱影子底下的伊斯特班来说，这个女人弯身站在他哥哥的手旁边，对他窃窃私语，这情景已完全证明了他们之间有他从不知道的亲密关系。他似乎很快缩回到一个无限渺小和孤独的世界里。他又看了一眼这恋爱的场面，觉得自己被关在了天堂门外，于是只能转过脸对着墙。

写完后，佩里绍莱一把抓过信笺，把一个硬币放在桌上，甩了甩黑蕾丝和红珠子，兴奋地低语几句，然后就急匆匆地离开了。曼纽尔拿着蜡烛从门口回来，坐在凳子上，用手捂住耳朵，把胳膊肘放在膝盖上。他在敬拜她。他不断地对自己呢喃，说自己崇拜她，那祷告声，就像是一种切断思考的咒语。

他倒空了一切的念想，只是单调重复那句话。但这种空无状态让他开始意识到伊斯特班的情绪。他似乎听到了黑影中有个声音传来："去，跟着她，曼纽尔。别留在这里，你会幸福的。世界上有我们所有人的位置。"然后，这种意识变得越发强烈。他脑海中浮现了伊斯特班要出门远行，临行前不断和他道别的情景。他心里充满了恐惧，在这种恐惧中，他明白了世界上其他的所有牵挂，都不过是虚影或高烧时的幻觉，甚至马利亚·德尔·皮拉尔修女和佩里绍莱也属此类。他不能理解，为什么伊斯特班的痛苦，竟会强迫他在伊斯特班和佩里绍莱之间做出选择。但他能理解伊斯特班的痛苦，因为他也本是不幸之人。他立刻为之牺牲了一切，假如这种放弃也算牺牲的话（因为那明明是自己知道无法得到的东西，或是某种神秘智慧告诉我们占有起来很不舒服或很痛苦的东西）。当然，伊斯特班的抱怨并无根据。这不是什么嫉妒，因为他们过去也同样有过女人，谁也不会觉得对彼此的忠诚受到了减损。这仅仅是因为其中一个人在心中留出空间寄托浓烈的单相思，而另一个人心里却没有这份感情。曼纽尔不是很能理解这一点，而且正如我们看到的，他有了一种不好的感觉，认为自己被冤枉了。但是，他的确懂得伊斯特班正在痛苦中煎熬。他急切地想寻找到一个办法，抓住他那个似乎渐行渐远的兄弟。所以他突然下了决心，毫不犹豫地一下子将佩里绍莱从心里移了出去。

他吹熄蜡烛，躺在床上，浑身颤抖。他故作随意地大声说："好吧，这是我给她写的最后一封信。她可以去别的地方找拉皮条的。假如她还来这里，或差人来找我，如果我不在家，就如实告诉她。就直接说好了。这是我为她做的最后一件事。"说完这个，他开始大声背诵晚上的赞美诗。但是他还没读到"也不怕黑夜行的瘟疫"[1]，就发觉伊斯特班已经起身点亮了蜡烛。

"怎么了？"他问道。

"我要出去走走。"伊斯特班系好裤带，闷闷不乐地答道。过了一会儿，他带着怒火大声说道："你没有必要为了我说……

1　此句出自《圣经》中的《诗篇》，下一句是"或是午间灭人的毒病"。

刚才那番话。我并不介意你是否为她写信。你不必为了我改变，我和这没有任何关系。"

"到床上去，傻瓜。上帝啊，你真傻，伊斯特班。是什么让你认为我是为了你才说那些？当我说和她已经结束了，你不相信我吗？你认为我想再写那些下流的信，然后接受报酬？"

"没关系的。你爱她，你没有必要为我而改变。"

"'爱她'？爱她？你疯了吗，伊斯特班？我怎么可能爱她？我怎么可能有丝毫的机会？你觉得如果我和她有可能的话，她还会让我写那些信吗？你认为她会每次从桌上递钱……你疯了，伊斯特班，就是这么回事。"

长久的沉默。伊斯特班不愿意上床去。他坐在屋子中间的蜡烛边，用手敲打着桌子边沿。

"去床上，你这个傻瓜。"盖着毯子的曼纽尔用手肘撑着起身，吼道。他用的是他们之间的秘密语言。他心中新的苦痛让这愤怒更多了几分真实感。"我没事。"

"我不。我要出去走走。"伊斯特班回答道，并拿起了外衣。

"你不能出去走。现在是两点钟，在下雨。你不能就这样出去到处走。你看，伊斯特班，我向你发誓，这一切已经彻底结束了。我并不爱她。我再也不会这么做了。"

此时伊斯特班已经打开门站在了外面。他用一种宣布人生重大决定时才会用到的不自然腔调低声说道："我碍你的事了。"然后他转身就走了。

曼纽尔跳下床，脑袋里仿佛充满了喧嚣，似乎有一个声音在喊着，说伊斯特班这一走就再也不会回来了，会永远留他孤单一人。"以上帝的名义，以上帝的名义，伊斯特班，回来吧。"

于是伊斯特班回到房间里的床上，之后很多个星期，他们都再也没有提起此事。第二天晚上，曼纽尔就找到了机会来表明自己的立场。佩里绍莱派来的信使被严正告知，曼纽尔再也不会给她写任何信件了。

有天晚上，曼纽尔的膝盖撞到金属上，皮开肉绽。

两兄弟这辈子就没有生过一天病，而现在曼纽尔完全糊涂了，看着自己的腿肿胀起来，感到身体里的痛苦如波浪一般阵阵袭来。伊斯特班坐在旁边，看着他的脸，试图想象那巨大痛苦的滋味。最后，一天深夜，曼纽尔想到在城里有家理发店，告示牌上说店主是一个经验丰富的理发师和外科医生。伊斯特班穿过大街小巷去寻找。他重重地捶门。很快一个女人从窗户里探出身子，说她丈夫要到早上才会回来。在接下来可怕的数小时里，他们相互告诉对方，只要医生过来看看这条腿，一切都会好起来。他会有办法处理的。曼纽尔再过一两天就能去城里走动了，也许只要一天，甚至一天都用不了。

理发师到了以后，开了各种药水和药膏。伊斯特班被告知要每隔一小时换一次敷在哥哥腿上的冷毛巾。理发师走了以后，兄弟俩坐下来，等待疼痛的消退。但是，当他们继续注视着对方的脸庞，等待科学奇迹发生时，疼痛却变得更糟糕了。一个个小时过去了，伊斯特班拿着滴水的毛巾过来，他们发现刚开始敷的那一刹那是最痛的。虽然曼纽尔有着世界上最大的坚韧，但他还是忍不住喊出声，无法控制地在床上打滚。夜色降临，伊斯特班还是平静地等着，看着，做着。九点，十点，十一点。现在，每当快到敷毛巾的时间（那些钟塔的敲钟声是那么悦耳），曼纽尔总是哀求伊斯特班不要这样做。他会用一些小伎俩，宣称自己几乎没什么感觉了。但是，伊斯特班的心中充满了苦痛，嘴唇如钢铁般坚毅，他会把毯子卷起来，将毛巾用力地绑在该放的地方。曼纽尔渐渐出现了幻觉，在这种状态下，他正常时不会允许自己去想的东西就从嘴里夸张地蹦出来。

最后到两点时，因为内心的愤怒和痛苦，他几乎半个身子都要从床上滚下来了，脑袋已经撞到了地上。曼纽尔喊道："上帝诅咒你的灵魂去世上最可怕的地狱。让一千个魔鬼永远折磨你，伊斯特班。上帝诅咒你，你听到了吗？"起初，伊斯特班感到体内有一股气释放出来，他跑到走廊里，倚靠着门，嘴巴和眼睛都张得大大的。即使这样，他还是听到一个声音从心里传来："是的，伊斯特班，愿上帝永远诅咒你那野兽般的灵魂，你听到了吗？你妨碍我去得到我理所应得的。她是我的，你听到了吗，你有什么权力……"接下来，曼纽尔就会仔细地将佩里绍莱描述一番。

这样的发作每个小时都会反复。过了一段时间，伊斯特班才意识到，也许哥哥的脑子已经不清醒了。作为虔诚的基督徒，他感到一阵恐惧。然后，他回到房间，低头继续做自己该做的事情。

在黎明到来时，他哥哥安静了下来。（人类疾病所带来的启迪有哪个不是一种纾解呢？）在这些疾病发作的间隙，曼纽尔安静地说：

"上帝之子啊，我觉得好多了，伊斯特班。那些敷治一定还是起了效果。你等着瞧，我会站起来，明天就能四处走了。你好几天没有睡觉了。你会看到我不再劳烦你了，伊斯特班。"

"没什么劳烦的，你这个傻瓜。"

"当我试图阻止你敷毛巾时，你千万别当真啊，伊斯特班。"

长久的沉默。最后伊斯特班用几乎听不到的细细声音说道：

"我想……我去找人请佩里绍莱来，你觉得好不好？她可以过来就看你几分钟，我的意思是……"

"她？你还在想她？无论如何我都不会让她来这里的。不要。"

但是伊斯特班并不满足。他从自己内心深处拽出来几个词：

"曼纽尔，你还是觉得我妨碍了你和佩里绍莱的交往，对吧？你不记得我说过吗，我是无所谓的。我向你发誓，如果你和她走，或做别的什么，我会很高兴的。"

"你为什么要提这个，伊斯特班？我告诉你，以上帝的名义发誓，我绝没有想这些。她对我来说什么都不是。你什么时候才会忘记这事，伊斯特班？告诉你，我对现在的样子很满意。听好了，如果你再提这事，我会生气的。"

"曼纽尔，我再也不说了，除非当你因为敷毛巾而冲我发火时……你，你也会为那事而对我发脾气。你会谈起这事，而且……"

"听着，我不为我说的话负责。我的腿那时候很疼，明白吗？"

"那么你也不要诅咒我下地狱，因为……似乎我妨碍了你和佩里绍莱？"

"诅咒你下……？你为什么要这么说？你疯了吧，伊斯特班。你是在胡言乱语。伊斯特班，你一直没有睡觉。我对你成了一个诅咒，你因为我而失去了健康。但你会看见的，我不会再给你带来更多麻烦了。伊斯特班，我怎么会诅咒你下地狱？你是我的一切啊。你懂吗，当你敷冷毛巾时，我就失去自我了，知道吧。你知道的。再也别这么想了。现在到了敷的时候了。我一个字也不会说的。"

"不，曼纽尔，我停做一次。这不会给你带来伤害的。我这次先不做。"

"我必须要好起来，伊斯特班。我得很快好起来，你知道的。来敷吧。不过等一会儿——把十字架给我。我用耶稣的血和身体发誓，如果我说任何对不起伊斯特班的话，我真的不是故意的，那只是一些我梦里的疯言疯语，因为腿实在太痛了。愿上帝让我早日康复，阿门。放回去。来吧。我准备好了。"

"嘿，曼纽尔，少做这一次不会有事的，懂吗？这对你有好处，真的，这样不会让你又重新疼一遍。"

"不，我得好起来。医生说了要这么做的。我一个字也不会说的，伊斯特班。"

然后，那一切又周而复始。

在第二个晚上，隔壁的一个妓女开始捶打墙壁，对曼纽尔的言语表示抗议。另一边隔壁住着一个牧师，他干脆就跑到门廊里来敲门。整层楼的人都烦躁地聚到房门前，而客栈老板上楼来，大声向房客们承诺，明天一大早就会把这两兄弟赶到街上去。伊斯特班拿着蜡烛，走到门廊，任由他们把怒火宣泄到自己身上。但在那之后，每当哥哥剧痛时，他会把手紧紧地按在曼纽尔的嘴巴上。这让曼纽尔对他的怒火更大了，以至于会整个晚上都骂骂咧咧。

第三天晚上，伊斯特班请来了牧师，在巨大阴影的笼罩下，曼纽尔接受了圣礼，然后死掉了。

之后，伊斯特班就拒绝再靠近这个房子。他走了很远的路，但很快又回来，在距离他哥哥故居两条街的地方晃荡，盯着那些路人看。客栈老板对伊斯特班没什么印象，只是记得这两个孩子是在圣马利亚·罗莎·德·拉斯罗莎斯女修道院长大的，便派人去把修道院院长找来。她非常利索地安排好了该做的后事。最后，她在街角找到了伊斯特班，并要和他说话。他看着她走过来，眼神中带着渴望和不信任。但是，当她站在他旁边时，他扭过身，眼睛看着一边。

"我希望你能帮我。你不能进屋来看看你哥哥吗？你不能进来帮帮我吗？"

"不。"

"你竟然不帮我！"长久的沉默。突然，当她无助地站在那儿时，脑海中突然想起了很多年前的一件小事：当这对双胞胎大概十五岁时，他们坐在她的膝旁，听她讲述耶稣受难的故事。他们严肃的大眼睛紧紧地盯着她的嘴唇。突然，曼纽尔大声喊道："假如伊斯特班和我当时在那里，我们一定会阻止这一切。"

"那么好吧，假如你不愿意帮我，你能告诉我你是哪一个吗？"

"曼纽尔。"伊斯特班说。

"曼纽尔，你不能过来陪我上楼稍微坐一会儿吗？"

沉默了很久："不。"

"但是曼纽尔，亲爱的曼纽尔，你不记得小时候你曾经为我做了很多事吗？你那时还愿意去城里另一头帮我跑腿。当我生病时，你让厨师做好汤，由你捎给我。"如果换了一个女人也许会说："你还记得我曾经为你做了多少事吗？"

"是的。"

"我也记得。曼纽尔已经失去了亲人。我也……曾经。我知道上帝已经把他们带到自己手上……"但这一切根本不管用。伊斯特班毫无表情地转过身，从她身边走开。他走了大概二十步远时，停了下来，看着一条巷子的前方，似乎就像一只想走开的狗，却又不愿意违背叫它回来的主人。

他们只能从他身上得到这么多了。可怕的送葬队伍在城里走过，人们戴着黑色头巾和面罩，在大白天擎着蜡烛，车上展览着堆起来的白骨，唱着令人心颤的赞美诗，而此时的伊斯特班，就在对面的街上跟着，远远地看着队伍，就像一个野蛮人。

所有利马人都对两兄弟的分开很感兴趣。主妇们在阳台上晾晒毯子时，就在一起低声谈论此事，充满了怜惜之情。酒馆里的男人提到此事，都会摇摇头，然后闷声抽一会儿烟。从内陆过来的旅人，会讲到看到伊斯特班的样子，说他的眼睛和煤一样黑，沿着干枯的河床流浪，或者在古代的废墟间穿行。有一个美洲驼的牧人曾经看见他站在山顶，似乎在沉睡或处于恍惚中，身子已经被星空下的露水打湿。有些渔民惊奇地发现，他居然在远离海岸的地方游泳。有时候，他会找些活儿干，他会给人放牧或者拉货。但过了几个月他就消失了，在各省之间跑来跑去。但他总是会回到利马。有一天，他出现在了佩里绍莱的化妆室门口。他似乎欲言又止，紧紧地盯着她，然后又消失了。一天，一个修女匆匆跑进马利亚·德尔·皮拉尔修女的办公室，告诉她伊斯特班（这个世界管他叫曼纽尔）正在修道院门口转悠。院长急忙跑到街上。很多个月以来，她一直在问自己，如何找个办法来安抚这个几乎已经迷失心性的男孩，让他重新回到她们中间来生活。她尽量以一种严肃而冷静的方式走到街上，低声说"我的朋友"，然后看着他。他用从前那种夹杂着渴望与怀疑的眼神回望她，站在那里发抖。她又低声说了一句"我的朋友"，然后往前走了一步。突然，伊斯特班转过身，撒腿就跑没影了。马利亚·德尔·皮拉尔修女晃悠悠地跑回到自己桌前，双膝跪下，气愤地大声说道："我已经祈祷获得智慧，但是您什么也不给我。您没有给我哪怕一丁点儿恩宠。我不过是一个拖地的……"但是当她为如此不敬的想法忏悔时，突然想到派人去请阿尔瓦雷多船长。三个星期以后，她和他有机会谈了十分钟。第二天，他启程去库斯科，据说伊斯特班就在那里给大学抄写东西。

在那个年代，走南闯北的阿尔瓦雷多船长在秘鲁是一个奇特而高贵的人物。他经历了各种风风雨雨的淬炼。他双腿分开地站在广场上，就仿佛这两条腿被钉在了浮动码头上。他的眼睛也很奇怪，不适应看近程，反而非常习惯于在云朵之间捕捉星座的出现，在雨中看到海岬的轮廓。对我们大多数人来说，只要看看他航海的经历，就足以知道他为什么沉默寡言了，但是蒙特马约尔女侯爵对此有独特的看法。"阿尔瓦雷多船长会亲自把信带给你，"她向自己的女儿写道，"请把他介绍给你们的地理学家，我的宝贝，虽然这样也许会让他们感到一丝不安，因为他是真正的稀罕之物。他们再也看不到谁能和他走的地方一样远。昨天晚上，他向我描述了一些他的航海经历。你能想象吗，他驾驶着船头穿破一望无际的海藻，惊起一片鱼群，就像吓着了六月的蚱蜢；他还在冰山之间航行。哦，他还去过中国，沿着河道进入非洲深处。但他不仅仅是一个探险家；他似乎对于发现新的地方并不感到自豪，也不仅仅是一个商人。有天，我凑巧问他为什么要这样生活，但他避开了我的问题。从我的洗衣女工那里，我找到了自认为能解释他为什么漂泊不定的答案：我的孩子，他也有一个孩子；我的女儿啊，他也有一个女儿。她年纪刚刚到下厨做饭的时候，也很少为他做针线活。在那些日子里，他只是在墨西哥和秘鲁之间航行，她几百次冲他挥手告别或迎接他回来。我们也无从得知她是否比他身边的那万千个女孩更有姿色或更聪明，但是她是他的。

我想，堂堂一个大男人满世界跑，竟然就因为一个小丫头片子离他而去了，就像一个盲人在空空的房里走来走去，这似乎对你来说并不光彩。不，不，你不能理解这个，我亲爱的，但是我能理解，而且觉得很痛苦。昨天晚上，他和我坐在一起，谈到她的事情。他把自己的脸颊搁在手上，看着炉火，说道：'有时候我似乎觉得，她是离开我去海上旅行了，我还会再见到她。我似乎觉得她是在英格兰。'你会笑我，但是我觉得他在地球各处航行，是为了打发从现在到他年迈这一段时光。"

兄弟俩一直对阿尔瓦雷多船长怀有深深敬意。他们为他工作过一段不长的时间。在这个习惯于浮夸雕琢、自我辩护的世界，这三人的沉默构成了一个小小的意义内核。所以，当这个伟大的旅行家走进伊斯特班正在吃饭的黑漆漆的厨房时，男孩将椅子拖到黑影中更远的地方，但这是一个他所喜欢的距离。船长并未表露出认识他，甚至装作没看见他，直到他吃完饭。伊斯特班其实早就吃完了，但是他不希望有人和他说话，所以一直等船长主动。最后，船长朝他走去，说道：

"你是伊斯特班或曼纽尔吧。你曾经帮过我卸货。我是阿尔瓦雷多船长。"

"是的。"伊斯特班说。

"你好吗？"

伊斯特班嘴里嘟哝着什么。

"我在找一些身强力壮的家伙加入我下一次的航程。"停了一会儿，"你愿意来吗？"更长久的停顿。"英国，还有俄国……工作很辛苦，但报酬不错……要远离秘鲁——好吗？"

显然伊斯特班并没有在听。他坐在那里，眼睛盯着桌子。最后船长提高了声调，就像在对聋人说话：

"我说：你愿意加入我下一次的航程吗……"

"是的，我去。"伊斯特班突然说道。

"好的，那好。当然，我也想带上你哥哥。"

"不。"

"怎么了？为什么他不能来？"

伊斯特班嘟哝了什么，眼睛看着一边。他接着半站起身，说道：我现在得离开一下。我要去找一个人说点事。"

"让我见见你的兄弟。他在哪儿？"

"……死了。"伊斯特班说。

"哦，我不知道。我不知道。我很难过。"

"是的，"伊斯特班说，"我得去。"

"嗯——你是哪一个？你叫什么？"

"伊斯特班。"

"曼纽尔什么时候死的？"

"哦，才……才几个星期吧。他膝盖撞坏了，然后就……只是几个星期以前。"

他们眼睛都看着地面。"你多大了，伊斯特班？"

"22。"

"好的，那就这么定了。你会和我一道的吧？"

"是的。"

"你可能会不适应寒冷。"

"不会的，我能适应——我现在得走了。我得去城里跟一个人说点儿事。"

"好的，伊斯特班。回到这里来吃晚饭，我们谈谈路上的事。你回来，和我喝点酒，知道吗？你愿意吗？"

"好的，我愿意。"

"愿上帝保佑你。"

"愿上帝保佑你。"

他们一起吃了晚饭，商定好第二天早上就出发去利马。船长把他灌得烂醉。起初他们只是默默倒酒和喝酒，然后船长就开始聊起了船和航行路线。他问了伊斯特班一些关于船上滑索和导航星的问题。然后伊斯特班开始谈起了别的事情，并大声说道：

"在船上你必须要让我一直有事做。我愿意做任何事，任何事。我会爬很高去固定绳索，我会整夜负责瞭望——因为你知道，我晚上不怎么睡的。而且，阿尔瓦雷多船长，在船上你必须假装并不认识我。假装你是最讨厌我的。所以，你总是给我活干。我再也不能安静地坐下，不能再在桌前写东西。也请不要和别人讲我的事……就是……关于……"

"我听说你曾经冲进一所失火的房屋，伊斯特班，救出了某个人。"

"是的，我自己没有烧着，你知道的，"伊斯特班趴在桌子上，喊道，"你不可以自杀：你知道你不可以。所有人都知道。但是假如你冲进火海去救人，那你就不是自杀。假如你当了斗牛士被牛攻击，那你也不是在自杀，只要你不是故意让自己被公牛袭击到。你注意到了吗，动物从来不自杀，甚至当它们确定要输的时候。它们不会跳河什么的，甚至当它们肯定要输的时候。有人说马会冲进篝火里。确有此事吗？"

"不，我想这不是真的。"

"我也觉得不是。我们曾经有过一条狗。好吧，我不应该想到这个——阿尔瓦雷多船长，你认识马利亚·德尔·皮拉尔修女吗？"

"认识。"

"我想在离开之前给她一个礼物。阿尔瓦雷多船长，我想让你在我离开之前，把所有的工钱都付给我——我到哪里都不需要用钱——我现在想给她买一件礼物。这件礼物不仅仅是来自我。她曾经……曾经……"此时的伊斯特班希望能说出他哥哥的名字，但却说不出口。相反，他用更低的声音继续说道："她曾有一种……她曾经失去过一个重要的东西。她是这么说的。我不知道她指的是谁，我想能给她一个礼物。女人不能像我们那样承受那种事情。"

船长答应他，可以明天早上让他挑个东西。伊斯特班就这个事谈了很久。最后，船长看见他瘫倒在桌子下。船长自己起身走到客栈前面的广场上。他看着安第斯山脉的轮廓，看着天

圣路易斯雷大桥

86

穿上密布的星河。空气中游荡着那个鬼魂，它在冲他微笑。这个鬼魂在用清脆的声音对他说着重复千遍的话："不要离开太久。等你回来时，我就会成为大姑娘了。"然后，他走进房间，把伊斯特班抱到自己房间，坐下来长久地看着他。

第二天早上，他在楼梯下，一直等到伊斯特班出现。

"你准备好了我们就出发。"船长说。

男孩的眼里又出现了奇怪的闪烁。他大声说道："不，我不去了。我就不去了。"

"啊？伊斯特班！但是你答应了我要去的。"

"不可能。我不能和你去。"他转身上了楼梯。

"过来一下，伊斯特班，就一下。"

"我不能和你去。我不能离开秘鲁。"

"我想告诉你些事情。"伊斯特班走下了楼梯。

"那给马利亚·德尔·皮拉尔修女买的礼物呢？"船长小声问道。伊斯特班不作声了，看着远山。"你不会想把那个礼物从她那儿拿走吧？这对她来说也许很重要……你知道的。"

"好吧。"伊斯特班低声说道，似乎被说动了。

"是的。而且，海洋要比秘鲁更好。你知道利马、库斯科和中间的路。关于它们，你没有什么需要知道的。你看，你需要的是海洋。除此之外，在船上你每一分钟都可以有事情做。我会确保这一点。去拿上你的东西，我们出发吧。"

伊斯特班试图要做出一个决定。以前总是曼纽尔来做决定，甚至连曼纽尔也从来没有被迫做出如此巨大的决定。伊斯特班慢慢走上楼梯。船长等着他，等了很久，然后就试着走到楼梯一半的地方，在那儿听着。起初什么声音都没有，过了一会儿，响起了一阵声音，他凭想象就立刻知道发生了什么。伊斯特班刮掉了房梁上的石灰，正在调整上面的绳子。船长站在楼梯上，浑身发抖。"也许这是最好的，"他自语道，"也许我不应该干涉他，也许这是他唯一可能做的事情。"但当听到另一声动静时，他撞开门冲了进去，一把抓住了男孩。"走开，"伊斯特班喊道，"让我自生自灭。现在别进来。"

伊斯特班脸朝下地跌倒在地上。"我只剩一个人了，一个人，一个人。"他哭道。船长站在他旁边，平凡的脸上写满了皱褶和痛苦。他此刻重温着自己昔日的痛苦。除了唱唱海上的歌谣，他是世界上最不善言辞的人，但有时我们需要极大的勇气，来讲一些陈腐的话。他无法确定躺在地上的这个人是不是

圣路易斯雷大桥

在听，但是他说："我们只能做力所能及的事。我们坚持下去，伊斯特班，尽量做到最好。不会一直这样的，你知道的。时光荏苒。你会为时间的流逝而吃惊的。"

他们出发去利马，当到达圣路易斯雷大桥时，为了监督货物的通行，船长下到桥下，走水路。但伊斯特班是从桥上走的，然后他掉了下去。

皮奥叔叔

在蒙特马约尔女侯爵的一封信（第二十九封）中，她试图这样描述皮奥叔叔（"我们年迈的小丑"）留给她的印象："我在绿色阳台上坐了一上午，为你做了双拖鞋，我的宝贝，"她告诉女儿，"因为我的注意力没有全放在金线上，所以能一直观察旁边墙里一群蚂蚁的活动。它们正在墙后某个地方，耐心地毁坏着我的房子。每隔三分钟，就有一只小工蚁从木板中间探出头来，扔下一点儿木屑到地上。它冲着我挥动触角，然后急匆匆返回自己神秘的通道去了。在此期间，它的各色兄弟姐妹正在一条路上来回忙碌着，有时停下来相互摸摸脑袋；如果要送什么紧急消息，就会生气地拒绝按摩或被按摩。我立刻想到了皮奥叔叔。为什么？除了他，还会有谁用这样的姿势抓住一个路过的修道院院长，或某个弄臣的男仆，窃窃私语时嘴唇都贴到了对方的耳朵上？当然，上午时我还看见他从我身边急匆匆走过，要办什么神秘的事情去。因为我是最无聊和最愚蠢的女人，所以就差佩皮塔去给我拿一块牛轧糖，然后把它放在蚂蚁来回的路线上。同样，我还差人去'皮萨罗'咖啡馆捎话，让他们请皮奥叔叔来看我，假如他天黑前能过来的话。我会给他那个镶着绿宝石的旧沙拉弯叉，他会带给我一份新的民歌抄本，所有人都在咿咿呀呀地唱着。我的孩子，一切好东西你都应该拥有，而且你应该最先获得。"

在下一封信里："我亲爱的，除了你丈夫，皮奥叔叔是世上最有趣的男人。他是世界上第二有趣的男人。他说话时令人着迷。如果他不是那么声名狼藉，我应该请他做我的秘书。他为我写所有的信，后人会不断地夸赞我的机智。唉，可是，他已经被疾病和损友毒害了，我只好让他留在他的龌龊世界。他不仅仅像一只蚂蚁，也像一沓脏分分的扑克。我怀疑整个太平洋的水能否将他重新洗干净。但是他说的西班牙语多么优美啊！他说的那些东西多么精妙啊！这就是一个人流连在剧场，耳根里天天灌输着卡尔德隆[1]的对话才会达到的水平。天啊，这个世界到底怎么了，我的宝贝，以至于要以如此的厄运对待这样一个生灵！他眼睛里的悲伤，就像和第十只幼崽分开的母牛。"

你们首先应知道的是，皮奥叔叔是卡米拉·佩里绍莱的仆人。他还是她的唱歌老师，她的理发师，她的按摩师，她的朗读者，她的勤务员，她的账房先生。而据谣传，他还是她的父亲。譬如，他教她如何读台词。城里还有风言风语，说佩里绍莱会读书写字。这种赞美其实是没有根据的。皮奥叔叔帮她读剧本，帮她写东西。在演出的高峰时期，剧团会每周上演两到三个新剧，而且因为每个剧里佩里绍莱都需要念冗长花哨的台词，单单把它们背下来就非易事。

在五十年的时间里，利马已经从一个边疆州府，变成了复兴之都。它对于音乐和戏剧的兴趣是非常强烈的。利马人庆祝节日时，早上会听托马斯·路易斯·维多利亚的弥撒曲，晚上就听卡尔德隆那绝美的诗句。诚然，利马人已习惯于将那些无

---

1 卡尔德隆（Pedro Calderón de la Barca, 1600—1681）：西班牙黄金世纪戏剧两大派之一的代表人物。他所开始的新的戏剧风格，影响了从17世纪中叶直到18世纪初的黄金世纪后期的文学。

聊的歌曲加入精美至极的戏剧中，或是将一些哀婉的效果，添到质朴平实的音乐里。但至少他们从未屈服于盲目崇拜所带来的枯燥乏味。假如他们不喜欢英雄剧，利马人就会毫不犹豫地待在家里；假如他们耳朵里听不进复调，那么什么也无法阻止他们去参加更早的晨弥撒。当大主教从西班牙短访归来，所有利马人都会不停地问："他带回来什么了？"消息终于传回国，说他返程时带着一大摞帕莱斯特里纳[1]、莫拉莱斯和维多利亚的弥撒曲和赞美诗，还有提索·德·莫里纳[2]、鲁伊兹·德·阿拉尔孔[3]和莫雷托的三十五部剧本。为了欢迎他，城里还办了一场筵席。唱诗班男童学校和剧院的绿房间里，塞满了人们送来的蔬菜和面粉。全世界都渴望能给这些绝美之物的阐释者以食物的给养。

卡米拉·佩里绍莱就是在这样的剧院里逐渐打响名声的。因为可演的剧目实在太多，而提词盒又实在管用，所以很少有

---

1 帕莱斯特里纳（Giovanni Pierluigi da Palestrina, 1525—1594）：西班牙文艺复兴时期著名的宗教音乐作曲家。
2 提索·德·莫里纳（Tirso de Molina, 1579—1648）：西班牙巴洛克时期的剧作家，诗人和罗马天主教僧侣。
3 鲁伊兹·德·阿拉尔孔（Ruiz de Alarçon, 1581—1639）：西班牙殖民地时期出生于墨西哥的西班牙戏剧作家。

剧本一个演出季会演四次以上的。剧院经理可以从十七世纪繁荣的西班牙戏剧中挑选剧本来演,其中很多现已失传。佩里绍莱光洛佩·德·维加[1]的戏就演了一百部之多。当年在利马,有很多值得崇拜的女演员,但没有谁比得过佩里绍莱。市民们离西班牙的剧院实在太遥远了,不知道她其实是西班牙语世界里最出色的演员。他们总是嗟叹无缘一睹马德里那些明星的风采,总以为这些人会有什么惊人之处。只有一个人确信佩里绍莱是伟大的艺人,那就是她的导师皮奥叔叔。

皮奥叔叔祖上是一个显赫的卡斯蒂利亚家族,但却是没名分的私生子。十岁时,他从父亲的庄园逃出来,跑到了马德里,家人也没怎么费劲儿去寻他。他此后就靠自己的聪明来吃饭。他具有探险家的六个特点 —— 能记住很多人的名字和相貌;能改变自己的名字和相貌;能有永不枯竭的创造力;能严格保守秘密;能和陌生人打得火热;能不受良心的谴责(因为他瞧不起那些昏聩的富人,所以才对他们痛下杀手)。从十岁

---

1 洛佩·德·维加(Lope de Vega,1562—1635):西班牙黄金时代最重要的剧作家之一,一生创作的剧本总数超过一千种,现流传五百多种。他还是西班牙语界伟大的抒情诗人。

到十五岁，他帮商人发传单、牵马，还干一些秘密的跑腿工作。从十五岁到二十岁，他帮巡回马戏团训练熊和蛇，做过厨师和调酒师，还会到一些高级的酒馆门口晃荡，对一些旅者窃窃私语——有时候，这些小秘密不过是哪个贵族人家败落到要出售碗碟，会省一些银器匠的工作。他和城里所有的剧院都有联系，差不多十岁时就会鼓掌了。他待价而沽地传播谣言，贩卖那些关于庄稼和土地价值的小道消息。从二十岁到三十岁，他的这些本事逐渐被一些高层人士赏识——他被政府派去鼓动那些摇摆不定的绿林叛匪造反，这样政府就会很快过来，全心全意地将他们剿灭。他为人处事极其谨慎，所以法国党人会用他，甚至当他们知道奥地利党人也在用他时，也继续和他打交道。他曾和于尔森公主[1]密谈过很久，来回走的都是后门楼梯。在这一时期，他已经不再需要去讨好上流绅士们，也不想去做挑拨离间的小勾当。

他做一件事情从不超过两个星期，哪怕继续做下去会有极大的回报。他本可能成为巡回马戏团的经理、戏剧导演、古董

---

1 于尔森公主（Princess des Ursins, 1642 — 1722）：西班牙宫廷著名的政治人物。

商、意大利丝绸进口商、皇宫或大教堂的秘书、军需品商人、房产和农田投机商、奢侈品商人。但由于他童年遭遇的某个变故，或早年崇拜的某个东西，他性格中似乎有一个根深蒂固的特点，那就是不愿意去拥有任何东西，不愿意被束缚住，也不愿意去承担一份长期的责任。比方说，他的这个特点让他不再偷窃。他以前偷过几次东西，但得到的还不足以纾解他对于坐牢的恐惧。他有足够的智巧逃避世上所有的警察，但没什么能让他避开敌人散布的谣言碎语。同样，他一度还沦为宗教审判所的密探，可当他目睹了几个受害者被戴上头套拖走，他就感到自己参与的这个机构实在难以捉摸。

当快满二十岁时，皮奥叔叔逐渐清楚地发现，他的生活中有三个目标。第一是对独立的需要，这种欲求被表现为一种奇特的形式，即希望能与众不同、鬼祟隐秘和无所不在。假如在私底下他能感到自己超然物外地俯视着普罗大众，对他们的了解要比他们对自己的多，假如他的知识能偶尔转化为行动，并使他成为国家和某些人的代表，那么他就愿意放弃公共生活的尊严。第二，他希望能永远留在美丽女人的近旁，对于这些美女，他总是或好或坏地保持着崇拜之心。能和她们在一起，这

对他而言就像呼吸一样重要。他对于美丽诱人之物的敬仰，是
毫不收敛的，也常成为众人的笑柄。剧院宫廷和风月场所里，
那些女士都非常喜欢他的这种爱美之心。她们折磨他，凌辱
他，让他出谋划策，并对他那种荒诞的痴情感到尤其满足。他
被她们的愤怒和咨蛊所折磨，又被她们倾诉衷肠的眼泪所煎
熬。他所求的全部，无非是被简简单单地接纳，被信任，被
允许像一只友善而笨傻的狗，能在她们房间里出入，能为她
们写书信。对于她们的想法和心灵，他充满了不知满足的好
奇。他从不奢望被她们爱上（此处暂时借用这个词的另一层意
思），因此钱都被他花到了城里那些烟花酒巷。他总是很难招
人喜欢，因为他嘴唇上有一缕胡子，下巴上还有几撮髯须，而
那大大的眼睛又总显出荒诞的悲伤之情。她们这些女人成了他
堂区的教徒，正是从她们那儿，他获得了"皮奥叔叔"的名号。
每当她们有了麻烦，他总是能显露出自己的真性情。当她们不
再得宠，他就借钱给她们；当她们生病，他的忠心耿耿总会比
她们的情人更加持久，他的任劳任怨也会比她们的仆人更加永
恒；当岁月和疾病夺走了她们的美貌，他会依然伺服她们，牢
记她们当年的韶华；当她们去世时，他会是最忠实的哀悼者，

在送葬的道路上一直陪她们到最后。

第三，他想接触那些热爱西班牙语文学及其杰作的人，尤其是那些在剧院上演的作品。他发掘这些宝藏都是为了自己。他会从自己赞助人的图书馆里借书或偷书，然后如饥似渴地秘密阅读，完全和他平日里的疯狂生活判若两人。无论多么有学识的人，如果面对卡尔德隆和塞万提斯那神迹般的文字不能表现出敬意或惊奇，那么他都会对这些人嗤之以鼻。他渴望着自己也能写诗作赋。他从未意识到自己为歌舞剧写的很多讽刺歌曲后来在民间音乐中流传开来，在旅途的角落生根发芽。

后来，他总在妓院里和别人吵架，这给他惹了麻烦，于是他移居到秘鲁。皮奥叔叔在秘鲁甚至比在欧洲时更加多才多艺。在这里，他的生意涉及房地产、马戏团、娱乐业、叛乱和古董。曾经有一批中国的廉价商品从广东漂洋过海到了美洲，他就把大批深红色的瓷器拖到岸上，把碗卖给古董收藏商。他细致研究了印加人的良效药方，颇为精明地做起了药丸生意。四个月之内，他几乎认识了利马的所有人。他的知识触角很快就延伸到各种地方，包括几十个沿海小镇、采矿营地和内陆定居点。他这种看似无所不在的能耐变得越来越令人叹服。总督发现了皮奥叔叔以及他海阔天空的见识，就在很多事上请他做参谋。在判断力日益下降的时候，唐·安德雷斯至少保留了一个天赋，那就是能极好地与那些秘密帮手打交道。他对待皮奥叔叔既圆滑老练，又礼遇有加，知道哪些任务不该让别人去做。他也知道皮奥叔叔喜欢新鲜感，需要隔段时间就放个假。而皮奥叔叔搞不懂的是，为什么一个王子居然极少利用自己的身份去获得权力、满足幻想，或者仅仅是为了在操纵别人命运的过程中得到纯粹的快感。但是这个仆人很爱自己的主人，因为他能引用塞万提斯的任何一段开场白，因为他的语言中依然带着几分卡斯蒂利亚的味道。许多个早晨，皮奥叔叔穿过走廊来到总督府，那条秘道上罕见人迹，除了一两个忏悔牧师或私家保镖。然后，他就和总督一起坐下来，边喝巧克力边聊。

尽管经历丰富，皮奥叔叔并未因此而发财。你可以说，他是在事业即将发达时将之舍弃。其实他有一栋房子，虽然没人知道。里面养满了狗，还在繁衍增加中。顶楼留给了鸟。但即使在这样一个王国里，他也是孤独的，并为自己的孤独感到骄傲，仿佛在这样的孤独中，存在着一种优越。最后他无意中开始了一次历险，它就像来自天上的某个奇怪馈赠，结合了他人生的三个伟大目标：照料别人生活的渴望，对漂亮女人的崇拜，以及对西班牙语文学的热爱。他发现了卡米拉·佩里绍莱。她真名叫米凯拉·维拉加斯，十二岁起就在咖啡馆里唱歌了，而皮奥叔叔则是咖啡馆的常客。当他坐在那些吉他手当中，看着这个笨拙的女孩唱着歌谣，模仿着更有经验的前辈歌手的每个音调唱法，他就下定了决心要当一回皮格马利翁。他买了她。她没有被锁起来在酒窖里睡觉，而是获得了他房子里的一张小床。他为她写了很多歌，教她如何去辨听自己的音调，还给她买了新衣服。起初，她所注意到的幸事就是不用挨鞭子了，有热汤喝，而且还能学东西。但真正感到吃惊的，是皮奥叔叔自己。他鲁莽的实验取得了巨大的成功，超过了所有人的预期。这个小小的十二岁姑娘，沉默寡言，总是阴沉着脸，对于工作却如饥似渴。他让她不停地练习表演和模仿，让她揣摩如何诠释歌曲的意境，带她去剧院观察一场演出的所有细节。但正是从作为女人的佩里绍莱身上，他受到了最大的震撼。纤长的臂腿最终和谐地统一到这副国色天香的身体上。那曾经古怪饥馑的脸，如今变得美丽动人。她整个人变得典雅神秘，还有几分奇特的精明。她完全依赖他，对他无可挑剔，也格外忠诚。他们相互深爱着对方，但并非如饥似渴的那种。每当他对她靠得过近，她脸上都会浮现一丝紧张，他于是从不擅越雷池。但是，在这种拒绝中释放出了一种温柔的芬芳，那种奇特恋爱关系中似幻似真的男女情愫，能够让哪怕被恼人责任所捆缚的人生变得如同享受神恩的美梦一样惬意。

他们四处旅行，寻找新的客栈，因为一个咖啡馆歌手的最大特色，通常就是她的新奇感。他们去了墨西哥，他们古怪的衣服上裹着同样的大披肩。他们夜宿在海滩上，在巴拿马被人鞭打，还遇到过海难，漂到太平洋某个小岛，上面满是鸟粪。他们徒步穿越密林，在毒蛇和甲虫中觅路而行。生活艰难时，他们就卖身帮人收割庄稼。这个世界上没有什么能让他们觉得不可思议。

然后，他开始让这个女孩接受更为严苛的训练，那套训练方法颇像培养杂技运动员。但因为她出名实在太快，这个教育就变得有些复杂了，因为她赢得的那些喝彩，可能会让她过早地骄傲自满。皮奥叔叔从来不真正打她，但是会用讽刺的话，这自有其威力。

在佩里绍莱演出结束时，她会返回自己的化妆间，而皮奥叔叔只是在角落里满不在乎地吹着口哨。她立刻猜到了他的态度，便生气地大声说：

"这次又怎么了？圣母啊，圣母啊，这次出什么错了？"

"没什么，小宝贝。我的小佩里绍莱，没什么。"

"一定有什么让你不满意的。你真是个鸡蛋里挑骨头的坏蛋。说吧，到底是什么？你看，我准备好了。"

"不，我的小鱼儿。作为一颗招人稀罕的晨星，我猜你已经做到力所能及最好的了。"

每当有人暗示她是一个存在局限的艺术家，每当想到有些幸福之事会与她永远无缘，佩里绍莱就会抓狂。她会哭着说："我希望从来就不认识你。你毁掉了我的一生。你只是认为我做得不够好。假装说我很糟糕就能让你开心。那好，你什么也别说了。"

皮奥叔叔继续吹口哨。

"事实上，我知道我今天晚上有点儿差劲，这不需要你来告诉我。就这样。现在你走吧，我不想看到你在我旁边。演这个角色已经很难了，回来还要看你这张臭脸。"

突然，皮奥叔叔身子往前倾了一下，激动而愠怒地问道：

"为什么你和囚犯说话时那段台词念得那么快？"

佩里绍莱的眼泪更多了："哦，上帝，让我就这样安静地死去吧！你一会儿告诉我说得太快，一会儿又说我太慢。不管怎样，再过一两年我就得疯掉，那就无所谓了。"

继续吹口哨。

"而且，观众的掌声比任何时候都热烈。你没听见我的话？比任何时候都热烈。喂！太快或者太慢对他们没区别。他们在啜泣。我主宰一切。我只在乎这个。现在你可以住嘴了。别吹了。"

他完全不出声了。

"你可以帮我梳头发，但假如你再说一个字，我就再也不演了。你可以找别的姑娘来，就这样。"

然后，他就会静静地给她梳上十分钟，假装没有注意到她疲惫的身躯里发出的啜泣。最后，她快速转过身来，抓住他的一只胳膊，发狂地亲吻着："皮奥叔叔，我真的这么糟糕吗？我给你丢脸了吗？真的演得这么糟，以至于你要离开剧院？"

在长久的停顿后，皮奥叔叔会谨慎地承认道："你在船上的那一幕演得不错。"

"但我已经进步了，皮奥叔叔。你还记得你从库斯科回来的那个晚上——？"

"你结尾时也还不错。"

"是吗？"

"但是我的花儿，我的珍珠，你和囚犯说话时到底是怎么演的？"

此时此刻，佩里绍莱会一下子扑在放满润发油的桌子上，开始号啕大哭。必须完美才行，必须完美。而这是不可能达到的。

然后，皮奥叔叔会低声细语地开始和她谈上一个钟头，分析这部剧，进入到一个关乎声音、动作和节奏的美轮美奂的世界里。他们常常会在那里待到天亮，相互朗读卡尔德隆那气势磅礴的对话。

这两个人是在取悦谁呢？并非利马的观众。他们早就已经被满足了。我们来自一个对美有着奇高标准的世界，若非后来再次与之相遇，我们几乎已记不起那些美丽之物了；而我们要返回的，就是那样一个世界。皮奥叔叔和卡米拉·佩里绍莱殚精竭虑去做的，就是要在秘鲁建立戏剧的标准，它存在于天堂

之中，仅有卡尔德隆曾经超越过它们。伟大作品所针对的那些
大众，并非寄居于现世。

　　随着时间的流逝，佩里绍莱逐渐失去了对艺术的这种执
着。她不时会对表演产生轻视，这让她有些心不在焉。这其实
和西班牙古典戏剧本身有关，一直缺乏对于女性角色的真正兴
趣。当英格兰和法国（后来还包括威尼斯）宫廷剧作家们致力
于开拓女性角色，研究女性的智慧、魅力、激情和疯狂时，西
班牙的剧作家依然只是关注他们的男主人公，关注那些被各种
责任和荣誉相互撕扯的绅士，或者那些在最后时刻回归十字架
的道德罪人。很多年来，皮奥叔叔都在煞费苦心地找办法，让
佩里绍莱对扮演的角色产生兴趣。有一次，他向佩里绍莱宣
称，维科·德·巴雷拉的孙女到了秘鲁。皮奥叔叔长久以来一
直告诉佩里绍莱自己有多么崇拜那些伟大的诗人，以至于佩里
绍莱从未怀疑过这种观点，即他们要比帝王来得高贵，甚至不
输给那些圣徒。所以，两人怀着极大的兴奋选了大师的一部
剧，要在他的孙女面前演出。他们上百次地排练诗句，时而为
创造出了什么而狂喜，时而又陷入低落中。在演出那天夜里，
佩里绍莱透过幕布的缝隙往外偷看，让皮奥叔叔指那个身材矮

小的中年女人给她看。这个女人因为家境贫寒，加上要抚养众多子女，所以显得很沧桑。但对佩里绍莱而言，她看到的却是全世界最美丽、最尊贵的女人。当听着别人的台词，等着上场时，佩里绍莱紧紧抓着皮奥叔叔，满怀敬意地沉默着，心脏狂跳不止。在幕间休息时，她躲回到仓库那布满灰尘的角落里，不让任何人找到她。她就坐在那里，看着墙角。演出结束的时候，皮奥叔叔将维科·德·巴雷拉的孙女带到佩里绍莱的房间。佩里绍莱站在墙上挂着的衣服中间，又喜又羞地啜泣起来。最后，她双膝跪倒在地上，亲吻着这个年长女人的手，而这个年长女人也回吻她的手。当观众都回家休息了，这个客人还留在那里，和佩里绍莱讲述自己家族里流传下来的小故事，谈的都是维科的作品和他本人的习惯。

　　每次有新女演员进剧团，皮奥叔叔都会非常高兴，因为每次在她这一行有新人冒出来，佩里绍莱都会觉得很不安。对于皮奥叔叔来说（他站在剧院后台，幸灾乐祸地笑弯了腰），似乎佩里绍莱的身体已经成为一个雪花石膏灯，里面放着明亮耀眼的灯火。她不玩什么阴谋伎俩，也不虚张声势，直接就上阵和这个新来的对手较劲。假如要演的是喜剧，她就会成为智慧机敏的化身；（更常见的情形是）假如是一出关于女人的苦情复仇剧，舞台就会处处燃烧着她的情感。她表演的人物个性充满了张力，哪怕只是将手搭在对戏的男演员身上，观众也会有一种感同身受的战栗。但这样精湛的时刻变得越来越稀少。当她的技巧日臻完善，佩里绍莱的真诚就变得不那么重要了。甚至当她走神的时候，观众也不会注意到有何异样，只有皮奥叔叔为之扼腕叹息。

佩里绍莱有一张非常漂亮的脸蛋，或者说只要动起来，她的脸蛋都很漂亮。如果停歇下来，你就会惊讶地发现，她的鼻子长而细，嘴巴有些疲惫，带着几分孩子气，而眼睛是一副不知餍足的模样——就像一个皱巴巴的村姑，被人从卖唱酒吧带出来，完全没办法平衡和协调自己对艺术、食物和梦想的追求，以及那排得满满的日程。所有的这些，都是一个单独的世界，若换了体格羸弱之人，它们之间爆发的战争足以让人变成弱智（或废材）。尽管她对自己的角色多有不满，但我们还是看到，佩里绍莱深知表演之中蕴含的乐趣，并且不时用那火焰来取暖。但更常常吸引她的，却是爱情，虽然在丘比特亲自送来珠宝之前，这种爱情也未见得会带来多大的幸福。

秘鲁总督唐·安德雷斯·德·利贝拉从前是一个快乐的青年，他为伏案的公务和密室中的私事所累，顶着大公的贵族头衔，又在海外待了十年，早已今非昔比。年轻时，他曾陪着大使团出访凡尔赛和罗马；他参加过奥地利的战争，还到过耶路撒冷。他是一位鳏夫，没有子嗣，亡妻是一个富有的胖女人。他喜欢搜集一些硬币，还喜欢收藏酒、女演员、敕令和地图。因为长期在桌前久坐，他得了痛风；因为喜欢去密室，他常常惊厥。大公的头衔让他获得了无比幼稚而巨大的傲慢，以至于他很少真正听别人说给他的话，永远只是对着天花板自言自语。在侨居海外的日子里，他被海洋般浩瀚的无聊所包围，这种无聊极为强烈，以至于它让人感觉到痛——他醒来时就带着这种痛，然后整天带着这种痛度日，甚至当他睡觉时，它也一整夜地坐在床边看着他。这些年来，佩里绍莱一直都是整日在剧院辛苦忙碌，只是偶尔有几段不规矩的风流韵事。后来，这个奥林匹斯式的大人物（因为他拥有适合在舞台上扮演神祇和英雄的脸庞和举止）突然将她的魂勾去，带她去参加总督府最丰盛的午夜晚餐。她更喜欢那些比她年长的追求者，这和演艺圈以及该国的习俗不同。她觉得自己会永远幸福下去。安德雷斯教会了佩里绍莱很多事，对于她那求知若渴的脑袋来说，这就是爱情最甜蜜的表现了。他教了她一点儿法语，教她讲究整洁干净，教她穿衣打扮。皮奥叔叔曾经教过她那些贵族妇女如何在重要场合举手投足，他却教她如何像她们那样自然放松。皮奥叔叔和卡尔德隆用美丽的西班牙语来熏陶她，安德雷斯则教她那些贵族寝宫中的俏皮话。

对于佩里绍莱收到的总督府邀请，皮奥叔叔觉得很不安。他宁愿看到她在剧院仓库里继续搞一些低俗的苟且之事。但是当看见她的演技上了新台阶时，他又觉得分外满足。他会坐在剧场后排，看着佩里绍莱偷偷告诉观众她如何在那些剧作家笔下的大千世界里游历，然后自己开心地在座位上滚来滚去。她端酒杯的方式又和以前不同了，她和别人互相道别的方式变了，她还会以新的演法来进门，让真相大白于天下。对于皮奥叔叔来说，别的东西都不重要。在这个世界上，还有什么比一个美丽的女人让一部西班牙语的伟大杰作散发应有的光彩更重要呢？—— 用一场表演（他问你），里面充满了注视的眼睛，词语之间的间隔都能体现出对于生活和文本的评说 —— 这些语言被一个美丽的声音诠释了 —— 表演者的动作举止无懈可击，容貌魅力难以阻挡。"我们几乎已经做好准备要把这个奇迹带到西班牙。"他对着自己喃喃。在演出之后，他会去她的化妆间，说一声"太棒了！"，但告辞之前，他会找机会问她，看在科隆的一万一千个处女的份儿上，她究竟是在哪里学会了用这种矫揉造作的方式来说"极好"。

过了一段时间，总督问佩里绍莱是否愿意邀请几个口风严实的客人来参加他们的午夜晚餐。他还问她是否愿意和大主教见面。佩里绍莱很高兴。大主教也很高兴。在他们初次见面的前夜，他送给这个女演员一块祖母绿的挂链，它就通常是一张扑克牌那么大。

在利马，有个东西，裹着长长的紫色缎子，里面突出一个浮肿的大脑袋，还伸出两只如珍珠般洁白的胖手。这就是大主教。在滚滚的肥肉中间透出两只黑黑的眼睛，诉说着不适、仁慈和智慧。在这一大堆猪油脂肪里，囚禁着一个奇特而渴望的灵魂。但是，因为他对于野鸡或野鹅从来都是来者不拒，每日都流连于各种罗马酒，于是他可悲地变成了自己的监狱官。他热爱自己的大教堂，也热爱自己的职责。他是一个非常虔诚的人。有些日子里，他对于自己的肿胀身躯感到非常痛苦；但是

圣路易斯雷大桥

110

这种悔恨要比节食的痛苦来得轻，而且很快就会得到解脱，因
为有人悄悄告诉他，在沙拉之后会接着上一道烤肉。为了惩罚
自己，他在其他方面都堪称生活的楷模。

他读过古代所有的文学作品，但是基本上全忘光了，除了
大致记得那沉醉和幻灭的感觉。他曾经在神父学校和枢密院里
学习过，但是所学的全部都忘光了，只留下一点儿浮光掠影的
印象，而这个在秘鲁根本派不上用场。他读过意大利和法国所
有的情色名著，每年都会把它们重读一遍，甚至在被结石（多
亏喝了克朗布卡圣母院的泉水，后来石头消掉了）折磨时，他
也会觉得布朗托姆[1]和神奇的阿雷提诺[2]讲的逸闻，比任何东西
都有营养。

大主教知道，秘鲁大部分的牧师都是流氓混蛋。全有赖
于他受到的伊壁鸠鲁式良好教育，他才会让自己对之采取放任
态度。他不断地告诉自己所钟爱的想法：不公和不幸乃世界上
的常态，所谓的进步理论不过是种幻念，穷人从未尝过幸福滋

1　布朗托姆（Pierre de Bourdeille, seigneur de Brantôme, 1540—1614）：
　　法国历史学家，写过回忆录，书中有大量淫秽直白的性描写。
2　阿雷提诺（Pietro Aretino, 1492—1556）：意大利作家、诗人、剧作者，也
　　是现代色情文学的创始人。

味，对于不幸也会麻木不仁。像所有的富人一样，他无法让自己相信穷人（看看他们的房子，看看他们的衣服）真的会感到痛苦。像所有受过良好教育的人一样，只有那些博览群书的人才能真正说是懂得不幸的。有一次，在他的主教辖区出现了一些不公事件，这引起了他的注意，差点儿就要采取措施了。他听说在秘鲁牧师要收两顿饭钱，才会做一个像样的赦免礼，而要想真的起到作用，那得拿出五顿饭的钱。他气得浑身发抖。他对着秘书怒吼，让人把写字工具拿上来，宣称要向管辖下的牧师发布一道命令。但墨水瓶里没有墨水了，隔壁房间也没有墨水，甚至整个府邸里都没有墨水。在他家里居然会有这样的事，这让他这种好人非常难受。气急败坏之下，他病倒了，此后就小心翼翼不让自己再动如此肝火。

将大主教请到晚宴上的效果非常好，安德雷斯开始想着再多请几个人。他越来越信赖皮奥叔叔，但一直等到佩里绍莱亲自提议，才把他加进来。后来，皮奥叔叔又把航海家阿尔瓦雷多船长带来。通常，佩里绍莱在剧院演出结束后过来，而在此之前，他们已经聚在一起好几个小时了。她到的时候已经快凌晨一点钟了，满脸红润，珠光宝气，也非常疲惫。

这四个男人像迎接伟大的女王一样迎接她。她会滔滔不绝地讲上差不多一个钟头，然后就渐渐地倚靠着安德雷斯的肩头，听着那三个人轮流在眉飞色舞地高谈阔论。他们整夜地聊天，私底下抚慰着自己那颗怀恋西班牙的心，告诉自己这样的会饮就是在效仿西班牙贵族的做派。他们在一起谈论鬼魂和预见力，谈论人类出现之前的地球，谈行星相互撞击的可能性，谈灵魂是否可以在死亡的时候被看见，就像一只拍翅飞离的鸽子。他们怀疑在耶稣重归耶路撒冷时，秘鲁是否会等待很久才能收到消息。他们一直谈到太阳升起，谈战争和国王，谈诗人和学者，谈那些陌生的国度。聊天时，每个人都把自己存在肚子里的那些机智而悲伤的奇闻逸事，还有他们对于人类的惋惜遗憾倾倒出来。金色的光芒照过安第斯山脉，透过巨大的窗户，投射在摆满水果的桌子上（而桌上的锦缎也已经弄上了污渍），照着佩里绍莱那甜美可人的额头。她此时正躺在地上，靠着她的保护者的衣袖睡觉。接下来是长久的停顿，没有人愿意首先提出离开，他们的眼光都会投在他们身旁这只奇特而美丽的小鸟身上。但是皮奥叔叔的眼光一整夜都在她身上。他黑亮的眼睛充满了温柔和焦虑，眼神游移地看着他生命中这个伟大的秘密和不舍的追求。

　　但是皮奥叔叔从未停止监视过佩里绍莱。他将这个世界上的居民分成两种，一类是爱过的，一类是没有爱过的。显然，这是一种可怕的贵族等级制度，因为那些没有能力去爱（或者没有能力忍受爱的折磨）的人，不能被认为是活着的，而且在他们死后也不会再度具有生命。他们如同草芥，存在于这个世上，带着毫无意义的笑泪和闲话，然后消失在稀薄的空气里；虽然他们还值得被爱，却已然徒劳。因为人与人有这种区别，所以他创造出了对爱的不同定义，这其中的酸甜苦辣，也正是来自他稀奇古怪的生活。他将爱视为一种残忍的疾病，那些被拣选的人需要在青年时期感染此疾，康复后的他们虚弱不堪，烦恼缠身，但却已为日后生活做好了准备。对于那些得过此病的人，他们对很多错误（他认为）都可以幸运地保持免疫。不幸的是，他们还是需要面对很多失败，但至少（通过很多事例能说明这一点）他们绝不会傻傻地以为生命的全部就是持久的笑颜，也绝不会将任何人（无论是王子，还是仆人）视为机械之物。皮奥叔叔从不放弃对佩里绍莱的监视，因为对他而言，她似乎从未经历过这样的成长历程。在她和总督相识的几个月里，他屏住呼吸，静心等待。他已经屏息等待了很多年。佩里绍莱给总督生了三个孩子，却还是老样子。他知道，如果她真正拥抱了这个世界，那么第一个标志就是她在表演中会掌握一些特点。她某天会领悟戏剧中的一些段落，轻而易举地领悟，带着隐秘的喜悦，因为它们悄悄告诉了她心灵中一些新的智慧。但是对于这样的段落，她的处理只是越来越草率，当然这令人颇为尴尬。他很快发现，她已经厌倦了安德雷斯，重新又跟男演员和斗牛士发生感情纠葛。

她对于表演变得越来越不耐烦，在她脑子里出现了另一种寄生虫。她想成为一个贵妇。她渐渐对社会地位产生了一种觊觎，开始将自己的表演称为消遣。她找了一个保姆和几个男仆，在赶时髦的时候去教堂。她还参加大学的授奖日，和那些大慈善家来往。她甚至开始学了一点儿读书和写字。任何人如果轻蔑地称她为波希米亚人，她就会怒气冲冲地和人顶撞。她让总督过得苦不堪言，因为她凡事非常喜欢占上风，而且总是不断地篡夺各种特权。她染上了新的恶习，变得喜欢夸耀自己的美德。她编造出了父母和几个表兄妹，为自己的孩子获得了一份未经备案的合法证明。在社交场合，她培养出了一副弱不禁风、疲惫乏力的从良妓女的模样，处处学得像个贵妇。在忏悔游行的时候，她会拿着一根蜡烛，和那些贵妇并排走在一起。其实，她们没什么好忏悔的，除了偶尔脾气不好，或是悄悄读过笛卡儿，而她的罪就是表演。但所有人都知道，有些圣徒甚至就是当演员的——有圣基拉西乌斯，有圣海内叙斯，有安提俄克的圣玛格丽特，还有圣佩雷吉娅。

在克朗布卡圣母院不远的山里，有个时髦的水疗胜地。安德雷斯曾去过法国旅行，给自己修了一个仿造维希的小城。那里有佛塔、客厅、剧院、一个小小的斗牛场，还有一些法国花园。佩里绍莱身体从没出过什么毛病，但她在附近为自己建了一处别墅，在十一点的时候，喝那里的恶水。蒙特马约尔女侯爵曾为这闹剧的天堂留下过绝佳的画作：这位母仪天下的神祇在撒满贝壳的街道上尽情展现着她刻薄的敏感，而所有那些招惹不起总督的人则纷纷向她致敬。在玛丽娅太太为这个秘鲁统治者绘的肖像中，他显得威仪而疲惫，彻夜赌博时下注的筹码，都可以养得起另一个埃斯库里亚尔[1]。在他旁边，她画的是

---

1 埃斯库里亚尔（Escurial）：西班牙的一个村庄。

他儿子的肖像，也就是佩里绍莱生的小杰米。七岁的杰米是一个有些佝偻的小男孩，不仅继承了母亲的额头和眼睛，还继承了父亲喜欢痉挛的毛病。他默默地忍受着痛苦，就像一只惶然无措的动物。而且就像动物那样，如果在公开场合他露出了这种病的马脚，就会羞愧得痛不欲生。他那么美丽，使那些相对琐碎的瑕疵在他身上，显得无足轻重。他对于自己的痛苦总是思索良久，所以脸上带着一种不急不躁、令人惊讶的尊严。他妈妈让他穿深红色的天鹅绒衣服，但他会尽可能隔着好几米的距离跟在她后面，挣脱那些想抓他讲话的女人。佩里绍莱从来没有和杰米生过气，也从来不公开流露自己的情感。但阳光灿烂的时候，人们就会看见这两人沿着那些人造梯台散步，一言不发。佩里绍莱困惑的是，那些她本以为会随着社会地位而来的幸福怎么还没来到，而杰米待在阳光下就已经够高兴的了，迫切地算着云朵什么时候会飘过来。他们就像从某个遥远国度漂泊至此，或者像是从一首古老的民谣里走出来的人，似乎他们还没有学会这里新的语言，也还没有找到任何的朋友。

佩里绍莱离开舞台的时候，差不多三十岁了，她花了五年时间才进入上流社会。最后她变得发福了，虽然她似乎每年都在变得更漂亮。她很喜欢盛装打扮，从客厅的地板上，能看见那满是珠宝、围巾和羽毛的倒影。她的脸和手上都打上了蓝色的粉底，作为陪衬，她的嘴唇则涂抹上了厚重的鲜红和橘黄色。她喜怒无常的暴脾气有了改变，因为她总是穿着盛装和那些贵妇人待在一起。在她社会地位不断爬升的最初阶段，她就暗暗告诉皮奥权叔，不要再在公开场合和她一起露面。但最后她变得越发不耐烦，甚至连他悄悄来访也无法容忍了。她和他见面时都是端着架子，躲躲闪闪。她的眼睛从不看他，并且总是找理由和他吵架。即使如此，他还是每个月都顶着压力来，以考验她的耐心。当这种拜访已经变得不再可能时，他就会爬上楼梯，和她的孩子们玩上一个小时。

有一天，他去她的山间别墅，试图通过她的仆人来恳求一见。他被告知她会在黄昏前在法国花园里见他一面。他是循着一种奇怪的情感冲动才从利马来这里的。就像所有孤独的人一样，他把友谊看得过于美好：他想象在大街上与他擦肩而过的人们，他们在一起欢笑，分别时相互拥抱，一起吃饭时微笑不已 —— 也许你们都不信我这么说，但在他的想象中，他们能从这种亲密关系中获得巨大的满足。所以，对于能和她再次见面，对于再次被叫作"皮奥叔叔"，对于他们能短暂重温当年漫长流浪中的信任和快乐，他心中突然充满了巨大的兴奋。

这个法国花园位于城市的南角，在它后面耸立着巍峨的安第斯山脉，前面则是一面矮护墙，可以从上面俯瞰深深的峡谷，俯瞰那些一直延伸到太平洋的连绵小山。此时正是蝙蝠低飞的时候，小动物们肆无忌惮地在脚下玩耍。在花园里，只有几个孤独的身影在游荡，他们有的痴痴地看着天空，看着它缓缓地失去了颜色；有的则靠在栏杆上，往下看着峡谷，留意着下面是哪家村庄的狗吠。这也正是父亲从庄稼地里返家的时刻，父亲会在院子里和扑过来的狗玩耍片刻，抓住它戴紧的口套，或把它背在自己背上。年轻的姑娘们四处张望，找寻第一颗星星去许愿，而男孩们则坐立不安地等着晚饭开始。甚至连最忙碌的母亲也会闲下来站立片刻，冲着她让人又爱又烦的家人微笑。

皮奥叔叔靠着一条有缺口的大理石长椅站着，看着佩里绍莱冲他走来。

"我迟到了，"她说道，"我很抱歉，你想和我说些什么？"

"佩里绍莱——"他开腔了。

"我的名字叫米凯拉小姐。"

"我不想冒犯你，米凯拉小姐，但既然你让我二十年来都称呼你为佩里绍莱，我就觉得——"

"好吧，随你便吧。随你便。"

"佩里绍莱，答应我，你要听我说的话。答应我，你不会在我说第一句话时就跑掉。"

她立刻出人意料地来了情绪："皮奥叔叔，听我说。如果你觉得还能让我回剧院，你肯定是疯了。我一想到剧院，就觉得恐怖。你懂吗？剧院！就是剧院！在那种龌龊地方，每日都要忍受侮辱。你懂吗？你是在浪费我的时间。"

他平静地回答道："如果你和新的朋友们过得开心，我就不会让你回去。"

"你不喜欢我的新朋友了？"她很快回应道，"你能给我提供什么来取代他们？"

"佩里绍莱，我只记得……"

"我不会再被你批评了。我不需要任何建议。过一会儿就冷了，我必须回房里去了。你就放了我吧，就这样。你就把我从你脑海里忘掉。"

"亲爱的佩里绍莱，你别生气。让我和你说话。你就忍受我十分钟。"

他不知道为什么她在啜泣。他不知道该说什么。他随便说道："你甚至再也不来剧院看看，他们都注意到了这一点。观众现在也走得差不多了。他们每周仅仅只是上演两次古典喜剧，剩下的夜晚全演那些没有韵文的新式嬉闹剧。这些玩意儿全都无聊幼稚，难登大雅之堂。现在也没有人能说西班牙语了。甚至没有人能像模像样地走路。圣体节时，他们会演《伯沙撒王的宴会》[1]，那时的你是那么迷人。现在，这一切都糟透了。"

两人默不作声。从海边有一团羊群般的云朵飘了过来，顺着两座山之间的峡谷升腾起来，煞是好看。佩里绍莱突然触碰了他的膝盖，她的脸庞就如同二十年前一般："原谅我，皮奥叔叔，原谅我这么坏。杰米今天下午生病。我们无计可施，他就躺在那里，脸色苍白……而且吓坏了。一个人必须想到一些别的事情。皮奥叔叔，假如我回到剧院里，也会无济于事的。观众都是冲着那些讲日常俗语的闹剧来的。我们太傻了，一直希

---

1 《伯沙撒王的宴会》(*Belshazzar's Feast*)：可能是当时根据《圣经》中关于伯沙撒王的宴会而排演的宗教剧。伯萨沙王是古代巴比伦的国王，曾经亵渎过被奴役的以色列人的圣器。

望能把古典喜剧维系下去。让那些想读书的人自己去看古代戏剧的书吧，和普罗大众抗争犯不着。"

"我最棒的佩里绍莱，当你在台上时，我不仅仅是为了你，是我自己有些愚蠢的虚荣心。我舍不得给你那些应得的赞赏。原谅我。你一直都是伟大的艺术家。假如你有朝一日觉得和这些人相处得不开心，你可以想想要不要回马德里。你在那里会取得巨大成功的。你还年轻漂亮。假以时日，你会被人们称为米凯拉小姐。我们很快就会变老，我们很快就会死掉。"

"不，我再也不会去西班牙了。这个世界都一个样，不管是马德里，还是利马。"

"哦，假如我们能离开这里，去一个孤岛，在那儿人们会真正知道你，并且爱着你。"

"你已经五十岁了，你还依然梦想着这样的岛屿，皮奥叔叔。"

他低下头低声说道："当然，我爱你，佩里绍莱，就像我一直以来必须做的那样，而且我的爱远胜过我的言语。能认识你，对我的生命而言就足够了。你现在是一位伟大的女士。你富有，也没有别的什么是我能帮到你的了。但我一直随时准备为你效劳。"

"你多么荒唐，"她微笑着说，"你说这话时就像个大男孩儿。你并没有随着年龄的增长而吸取教训，皮奥叔叔。根本就不存在这样的爱，也不存在这样的岛屿。你是在剧院里找到这些东西的。"

他看上去有些羞愧，但却并未被说服。

最后她站起身，哀伤地说："我们这是在谈些什么啊！已经变冷了。我必须进屋了。你得回去了。我没有兴趣回剧院了。"停了一会儿。"休息？哦，我不明白。这仅仅是环境。我必须做我应该做的事。你也不要试图理解我。别想着我，皮奥叔叔。忘记我，就这样。就试着忘记我。"

她静静地站了一会儿，想从心灵深处找一些话说给他听。那快速飘移的云朵已经飘到梯台上；天黑了，最后一批在这里游荡的人也开始离开花园了。她在想着杰米，想着安德雷斯，也想着他。但是她找不到什么字眼。突然，她跪下来亲吻了他的手指，然后匆匆走掉了。天阴下来后，他在那里坐了很久很久，幸福地颤抖着，试图去理解刚才的这些究竟意味着什么。

突然，消息传遍了利马。米凯拉·维拉加斯小姐（曾经的那位卡米拉·佩里绍莱）得了天花疹。有几百人也得了天花疹，但是大众的兴趣和恶意却聚焦在这个女演员身上。城里人邪恶地希望着这个女人会因此失去那曾让她鄙视自己出身的美貌。从病房里不胫而走的消息是，佩里绍莱因为变丑，而有些疯疯癫癫，嫉妒之情已漫溢出来。一等到稍有好转，她就让人把她从城里转到山间别墅去。她下令卖掉自己漂亮的小府邸，将自己的珠宝退还给那些馈赠者们，还卖掉了名贵的衣服。总督、大主教和宫廷里的几个曾经迷恋过她的人还是不断地给她捎去口信和礼物。这些口信都未收到回音，而礼物也被不加解释地退了回去。自从发病之后，只有她的护士和女仆被允许看她。作为对安德雷斯再三请求见她的回应，佩里绍莱给他捎去一大笔钱，还附上一封信，里面极尽其能地写满了酸苦和傲慢。

就像所有在赞美声中长大的漂亮女人，她总是一本正经地以为美貌一定是所有人喜欢她的理由。所以，任何人对她的关心就肯定是出于施舍和怜悯，而且里面隐约带着对她命运逆转的幸灾乐祸。她之所以认为美貌尽失后就真情难再，是因为她从未意识到除了男女私情，其实还有别样的爱存在。这样的爱，虽然慷慨施与、体恤周到，虽然能诞生伟大远见和诗篇，

却一直是最严格意义上的一己私利。只有经历了长久的劳役，
经历了自我的仇恨，经历了冷嘲和热讽，经历了漫天的怀疑，
它才能立足于被信任的行列。很多人一辈子为这种爱付出，却
难以表达出什么，还不如一个昨天失去了狗的孩子那么善于言
说。当她的朋友们继续努力让她重归社会时，她却变得越发愤
怒，将那些侮辱性的口信送到城里去。一度人们传说她已遁入
宗教寻找慰藉，但新的传闻又说她在那个小庄园里暴怒而绝
望，这和起初的说法大相径庭。对于她身边的人而言，目睹这
种绝望是很可怕的。她确信自己的生命已经终结了，她的生命
如此，她孩子们的也是一样。出于她那种歇斯底里的孤傲，她
退回了所有欠别人的人情，而且数额比实际更多。对于她的未
来，除了孤独和悲情，还会有雪上加霜的贫困。她无事可做，
只是在那个日渐破败的小农场里孤苦度日。她苦苦思索着她敌
人们的欣喜，在房间里走来走去，发出奇怪的哭声，外面的人
都能听见。

　　皮奥叔叔从未允许自己就这样放弃她。他帮她照顾孩子，
帮她管理农场，还偷偷周济她一些钱。凭着这些努力，他被
获准进入屋内，甚至还能走到这个戴着面纱的女主人面前。但

即使如此，佩里绍莱出于自尊心，还是认定他在怜悯她，所以就用恶毒的语言来辱骂他，并从这种讥讽中获得一些奇怪的慰藉。他更爱她了，他比她自己更能理解这个深受侮辱的心灵该如何一步步走向康复。但是有一天，一桩突如其来的事情夺走了他陪伴她逐步好转的机会。他推开了门。

她以为自己锁上了。在某个时刻，她一度产生了一个愚蠢而隐秘的希望，想试试能否将粉笔和乳霜合在一起涂到脸上。她当年曾常常嘲笑那些宫廷里浓妆厚抹的贵族老女人，但现在她也开始想知道，自己在舞台上学到的那套东西能不能帮到自己。她以为已经锁上了门，于是心情紧张的她急匆匆地开始在脸上涂抹那种古怪的白灰色遮瑕物。当看到镜中的自己时，她意识到了这种尝试有多么徒劳；而与此同时，她也从镜子里看见了皮奥叔叔站在门口目瞪口呆的样子。她大叫一声，从椅子上站起来，用双手遮住自己的脸。

"走开。永远从我屋子里走开，"她尖叫道，"我再也不想见你了。"羞愧中的她带着诅咒和仇恨将他赶了出去。她将他一直赶到走廊，还从楼梯上往下扔东西砸他。她给农场的人下了命令，以后禁止皮奥叔叔踏入半步。但在接下来的一个星期里，他还是不断试图来见她。最后，他返回了利马。他尽量让自己继续过日子，但他依然渴望陪伴在她左右，就像一个十八岁男孩会渴望的那样。最后他设计出了一个计策，然后回到山上将之付诸实践。

一天早上，太阳还没出来，他就起床，躺在她窗外的地上。他在黑暗中模仿着啜泣声，而且尽可能模仿那种年轻女孩儿的哭泣声。他就这样持续了一刻钟。他的声音并不大，并不超过意大利音乐家在有钢琴指挥时使用的音量。但他在声音之间时常加入一些间隔，因为他相信假如她睡着了的话，这样做会使它潜入她的脑海，不仅有时长，还有音强。空气凉爽宜人。最初的一丝蔚蓝渐渐在山峰后出现，而在东方，晨星也在越发温柔地悸动。整个农场的房子都笼罩在深深的静谧中，只有偶尔吹过的微风，让草地发出轻轻的叹息。突然，她房间亮起了一盏灯，过了一会儿，窗帘也被拉了起来，一个戴着面纱的脑袋探了出来。

"谁在那里？"一个美丽的声音问道。

皮奥叔叔没有作声。

佩里绍莱又问了一遍，语气中带着一丝不耐烦。

"是谁？是谁在那里哭？"

"米凯拉小姐，我的女士，我请求您下来见见我。"

"你是谁？你想要干什么？"

"我是一个穷人家的女孩，我叫伊斯特拉。我恳请您来帮帮我。不要去叫您的女仆，求求你了。米凯拉小姐，求求您亲自下来。"

佩里绍莱沉默了一会儿，突然说："好吧。"然后她关了窗帘。不久，她就在屋角出现了。她穿着厚厚的外套，衣摆拖曳在晨露中。她站在远处说道："来我这里 —— 你是谁？"

皮奥叔叔站起身。"佩里绍莱，是我啊 —— 皮奥叔叔。原谅我，但是我必须和你说话。"

"天啊，我什么时候才能摆脱你这个可怕的家伙！你懂不懂：我不想见任何人。我不想和任何人说话。我生命已经终结了。就这样。"

"佩里绍莱，看在我们生活在一起这么多年的份儿上，我请求你答应我一件事情。这样我就会离开，再也不会回来烦你。"

"我什么都不给你，不给。你离我远点儿。"

"我答应你，我再也不来找你麻烦，假如你这次听我说完。"她匆匆向房子另一端的大门跑去，而皮奥叔叔不得不在她后面追赶，以确保她能听见他的话。她停了下来：

"又要怎么样？快点说。天气很冷，我也不舒服。我必须回房间去了。"

"佩里绍莱，让我把杰米带走吧，去和我在利马生活一年。让我当他的老师。让我教他纯正的西班牙语。在这里，他只能和仆人们待在一起，他什么都学不到。"

"不。"

"佩里绍莱，他的将来会怎么样？他非常聪明，他想学习。"

"他病了，身子很弱。你的家像猪窝一样。只有乡下才适合他。"

"但是最近这几个月他已经好很多了。我答应你，我会把屋子收拾干净。我会请马利亚·德尔·皮拉尔嬷嬷给我找一个管家。他现在整日就是待在你的马厩里。我会教给他一个绅士需要知道的一切，击剑、拉丁文和音乐。我们会读所有的……"

"母亲不能和她的孩子就这样分开。这不可能。你是疯了，才会有这样的想法。你死心吧，别想着我，以及一切和我有关的事情。我不再存在于世上了。我和我的孩子会尽量照顾好我们自己。不好再试图来打扰我。我不想再看见任何人。"

现在，皮奥叔叔觉得有必要使用强硬的办法了。"那么请你还我借给你的钱。"他说道。

佩里绍莱站在那里，呆住了。她对自己说："生活太可怕了，让人无法忍受。我什么时候才能死去？"过了一会儿，她用嘶哑的声音回答他说："我没什么钱了。我会尽我所能偿还你。我现在就给你钱。我还有一点儿珠宝。然后我们就再也不用见面了。"她对自己的贫穷感到很羞愧。她走了几步，然后回头说道："现在我懂了，你是一个多么铁石心肠的人，但是我应该把欠你的还给你。"

"不，佩里绍莱，我说这些只是想逼你答应我的请求。我不要你的钱，但请你把杰米借给我一年吧。我会爱他，好好照顾他的。我伤害过你吗？在过去的那些年，我对你而言是一个糟糕的老师吗？"

"你好残忍，总是逼人去感恩，感恩，感恩。我当时是很感激，好了吧，好了吧！但现在我不再是当年的那个女人了，对你也没有什么好感激的了。"两人沉默了。她的眼睛看着星星，整个天空的瑰奇似乎都由它在主导。她的心中藏着巨大的悲恸，这种痛就是源自这个无意义的世界。她接着说道："假如杰米希望和你走，那好。我今天早上会和他谈谈。假如他希望和你走，你中午时分会在客栈里见到他。晚安。上帝保佑。"

"上帝保佑。"

她回到自己屋里。第二天，这个表情严肃的小男孩现身于客栈。他原来那身好衣服已经破烂不堪。他带着一小包换洗的衣服，妈妈给了他一个金币做零花钱，还给了他一个晚上会发光的小石头，如果晚上睡不着，就可以看着它。他们坐着马车启程了，但很快皮奥叔叔发现，这种颠簸对孩子不好。他让他骑在自己肩膀上。当他们快到圣路易斯雷大桥时，杰米试着掩藏自己的羞愧，因为他知道自己又要和别人走不同的道了。他尤其不好意思的是，皮奥叔叔刚刚碰见了他的朋友，一个跑船的船长。当他们到达桥那里，他还和一个老太太说话，这个老太太的旅伴是个小姑娘。皮奥叔叔说，等他们过了桥，就可以坐下来休息。但最后发现，这其实没有必要了。

也许是天意

　　人们在旧址修了一座新的石桥，但这件事情却没有被遗忘。它变成了一句俗谚。"我也许周二会见到你，"利马人会说，"除非桥垮了。""我表弟住在圣路易斯雷大桥旁。"这是另一句常说的话。周围的人会报以一笑，因为这也意味着生活在达摩克利斯之剑下。还有人为这个事故写了一些诗，在所有秘鲁的文选里都能找到一些经典之作。但真正在文学上有历史影响的，还是朱尼帕修士的书。

　　要想对周遭的事物进行怀疑，有一百种方式。朱尼帕修士如果不是因为和圣马丁大学的一位先生是朋友，也不会想到这种方式。这个学生的妻子在某天早上偷偷乘船去了西班牙，是跟着一个士兵跑的，留下了两个襁褓中的女儿让他照顾。他心中充满了朱尼帕修士所没有的那种愁苦，认定这个世界已经错漏百出，并从这种绝望中生发出一丝快意。他向这个圣方济会的修道士耳朵里悄悄灌输这些想法和逸事，它们已经与神引导下的世界观背道而驰。有些时候，这个修士的眼睛里会浮现出一丝痛苦，甚至是绝望的神色。然后，他又会耐心地开始解释，为什么这样的故事对于有信仰的人不是什么大问题。"曾经有一个那不勒斯和西西里的女王，"这个学生说，"她发现自己肚子里长了一个很痛的肿瘤。在万分沮丧中，她命令她的臣民们开始跪下祷告，并命令所有西西里和那不勒斯的衣服都要用还愿十字的针法来缝补。她被她的人民深深爱戴，所有人的祷告和针线活也都是诚心诚意的，但是却没有效果。现在，她躺在雄伟的蒙列阿莱大教堂里，在她心脏上方几英寸的位置你可以看到这样一行字：我不惧怕邪恶。"

正是由于听了太多对于信仰的讥讽之辞，朱尼帕修士开始坚信现在是在世上寻找证据的时刻了，他要找到图表化的证据，证明他心中那无比明亮和激荡的信仰。当瘟疫光临了他挚爱的波多村，夺走了很多农民的性命，他秘密编制了一张图表，上面列明了十五个遇难者和十五个幸存者的各种特征。这些统计数字表明了他们客观的价值。每一个生命都是按照十分制，就其善良度、对宗教的虔诚度和对于家庭成员的有用度来评分。下面就是这张雄心勃勃的图表的残片：

	善良度	虔诚度	有用度
阿尔方索·G	4	4	10
尼娜	2	5	10
曼纽尔·B	10	10	0
阿尔方索·V	-8	-10	10
薇拉·N	0	10	10

这件事情比他预想的更困难。几乎所有人在环境艰苦的边疆地区都被证明是经济上不可或缺的成员，所以第三栏干脆就没有用处。当调查人员评价阿尔方索·V的个人特点时，被迫使用了负分。这个人像薇拉·N一样，不仅人很坏，而且还教唆人学坏；不仅自己不去教堂，而且还带着别人也不去。薇拉·N确实是一个坏人，但她在教堂生活上无可指摘，是一大家子的顶梁柱。通过这些令人伤心的数据，朱尼帕修士为每个

农民算了一个分数。他将遇难者的总得分加起来，然后和幸存者的总分进行比较，结果发现死掉的人要比活着的分数高五倍，他们更值得被拯救。这似乎意味着瘟疫所直接针对的，其实是那些在波多村真正有价值的人。在那天下午，朱尼帕修士沿着太平洋的岸边一直走，将自己的成果撕碎，扔进海浪里。他久久地凝视着海平线上那永远飘浮着的珍珠般的巨大云朵。从它们的美里，他获得了一种断念，这种念头是他的理性所不允许去思考的。在信仰和现实之间存在的沟壑，比人们通常料想的要大。

但圣马丁大学的这个学生还有另一个故事（这个不那么具有颠覆性）。它很可能给了朱尼帕修士一个线索，告诉他在圣路易斯雷大桥垮掉以后该如何行事。

这个学生有一天正走过利马大教堂，他停下来读了一位女士的铭文，读着读着，下嘴唇就越发往外突。上面写的是，她有二十年的时间都一直是家庭的中心和快乐之源，是能给朋友们带来欢乐的人，所有见过她的人都会惊叹于她的善良和美丽。她就躺在那里，等待上帝的回归。当他那天读到这些文字时，这个圣马丁的学生觉得非常恼火。他将目光从这个书板上移开，怒气冲冲地高声说道："真可耻，真该死！所有人都知道，我们在世上所做之事无非为了一己私利。为什么要把这种无私的传奇代代相传？为什么要让这种东西活在世上，让大家以为还真的有公正无私？"

说完这番话，他就决定去揭露这个石匠的阴谋。这个女士仅仅去世了十二年。他找到了她的仆人、孩子和朋友，所到之处都能听闻到她的那些可敬之处，就如同香气存留于世间。但凡提到她的名字，人们都会流露出痛苦的微笑，并且埋怨说语言不足以描述她的优雅可贵。甚至那些从未见过她的孙子辈在年轻时都倍感压力，因为他们得知在世上居然还有人可以如此完美。这个人困惑地站在那里，最后只是喃喃自语道："不过，我说的都是实话。这个女人是一个特例，也许是一个特例。"

朱尼帕修士在编这些人的书时，似乎感到一种难缠的恐惧，他害怕因为省略一些微小的细节，而失去某条关键的线索。他做得越久，就越发感觉到自己在一些重要而隐微的线索当中转圈。他总是被一些细节所欺骗，它们看起来似乎很重要，但前提是他必须要找到它们的背景。所以他事无巨细地把一切写了进来，希望如果他（或是某个更执着的读者）能把书

圣路易斯雷大桥

重读二十遍，也许这无数的事实就会突然开始移动、组合，开始显示出它们背后的秘密。蒙特马约尔女侯爵的厨子告诉他，她的全部食物几乎就是米饭、鱼和一点点水果。朱尼帕修士把它也记了下来，希望将来某一天能从这里读出某种精神特质。卢比奥先生说，她曾在他的招待宴会上不请自来，为的就是偷汤匙。一个住在城边上的接生婆宣称，玛丽娅太太曾带着一些可怕的问题来拜访她，直到她被迫命令她从门口离开，就像赶走一个乞丐那样。城里的书商则说，她是利马最有教养的三个人之一。她农场里的农夫妻子说她有点儿心不在焉，但却是心地纯良的好人。传记的艺术要比大家通常认为的更难。

朱尼帕修士发现，越是调查那些和当事人联系紧密的人，越是难以从中得到什么。马利亚·德尔·皮拉尔嬷嬷和他详细谈过佩皮塔的事，但却没有告诉他自己曾对她如何寄予厚望。佩里绍莱起初很难接近，但很快她就喜欢上了这个圣方济会修士。她对皮奥叔叔的描述，完全和他在别的地方获得的各种苛评之辞格格不入。她很少提及自己的儿子，在痛苦中缄默，然后采访就突然结束了。阿尔瓦雷多船长讲了所有他知道的关于伊斯特班和皮奥叔叔的事。那些知道越多的人，往往越不愿妄下断语。

　　我就不告诉你朱尼帕修士的概括总结了。我们对这些都耳熟能详了。他认为在同一个事故中看到了邪恶之徒被毁灭，而善良之人被提前召到天国。他认为自己看到了傲慢与财富被混淆在一起，这是给世人的一个教训。他认为自己看到了那些谦卑得到了嘉赏和回报，因为它给这个城市带来了荣光。但是朱尼帕修士对这些理由并不满意。蒙特马约尔女侯爵完全有可能并非饕餮之徒，而皮奥叔叔也可能不是自甘堕落的恶人。

　　这本正在写作中的书引起了一些法官的注意，他们立刻宣称这是歪理邪说，下令在广场将这本书连同其作者一起焚毁。判决书上说他是受魔鬼驱使在秘鲁煽动内乱，对此朱尼帕修士没有异议。在最后一晚，他坐在监牢里，试图在自己的生命中寻找到某种规律性的东西，它出现在那五个人的生命里，却不为他所知。他并没有反叛之心。他愿意献出生命来维护教会的纯洁，却渴望有个声音能从某处传来，证明他的初衷至少是为了信仰。他觉得这个世上没有人真正相信他。但是第二天早上，在人群和朗朗晴天中，却有很多人相信他的清白，因为人们非常敬爱他。

从波多村来了一小帮人。当他们的行乞修道士就这样被送到仁慈的火焰中烧死时，尼娜（善良度 2，虔诚度 5，有用度 10）和其他人站在那儿，脸上写满了困惑。甚至在那个时候，他的心中还是留存着一种倔强的勇气。他坚信，至少圣方济[1]不会彻底诅咒他，于是（他不敢去呼唤另一个更伟大的名字，因为他在这些事情当中似乎难辞其咎）他向圣方济呼喊了两次，然后投身进火海，微笑着死去。

追思仪式那天，天气晴朗而温暖。利马人那黑黝黝的眼睛里充满了敬畏，他们纷纷穿过大街小巷来到大教堂，站在那里注视着用黑色天鹅绒和白银做成的宝球。大主教被包裹在那件几乎像是木头制成的精美法衣里，流出的汗水滴在了他的宝座上。他不时以鉴赏家的态度认真倾听着维多利亚那美妙的旋律配合。唱诗班已经再次研读了乐谱，这段音乐是托马斯·路易斯[2]音乐生涯的封笔之作，是专门送给他的朋友兼恩主奥地利女皇的。所有的悲伤和甜蜜，所有那些以意大利的音乐模式表达的西班牙现实主义，都在这薄头纱的海洋中此起彼伏。唐·安

1　圣方济（St. Francis, 1182—1226）：圣方济会的创始人，也叫圣方济各。
2　此处的"托马斯·路易斯"即"托马斯·路易斯·维多利亚"。

德雷斯跪在色彩斑斓的羽毛幔帐下，显得病弱而痛苦。他知道大家都在偷偷瞅他，希望他能表现出一个失去独子的父亲形象。他想知道佩里绍莱是否也在这里。他从来没有不吸一口烟还走这么远的路。阿尔瓦雷多船长从阳光明媚的广场挤进来了一会儿，隔着那一片黑色头发和蕾丝带的海洋，看着那摆放整齐的蜡烛和焚香的引绳。"多么虚假，多么不真实啊。"他说着，便推开众人退了出来。他回到海上，坐在船沿上，低头注视着清澈的海水。"那些淹死的人是幸福的，伊斯特班。"他说道。

女修道院院长和她的修女们坐在屏风后面。在前一个晚上，她毁掉了自己心中的一个偶像。这段经历让她脸色苍白，但却心志坚定。她已经接受了一个事实，即她的工作是否继续下去并不重要，她已经干够了。作为护士，她去照料那些永远不会康复的病人；作为牧师，她要永远维护着神台前那个没有信徒朝拜的祷告之所。不会再有佩皮塔去将她的工作发扬光大，这份事业会在她那不负责任的懒惰同事手中沦落败坏。对于上天来说，在秘鲁曾经有这样一份无私的爱由盛而衰，似乎就已经足够了。随着《垂怜经》那婉转涤荡的女高音，她把自己的额头倚在手臂上。"我的情感本该再多几分那种颜色，佩皮塔。我全部的生命里本该再多几分那样的特质。我总是太忙碌了。"她悔恨地说道，而思绪却已经飘到了祷告词中。

佩里绍莱是从农场出发来参加这个仪式的。她的心里充满了错愕和惊讶。这是来自天穹的另一声评词，这是她第三次接到这样的讯息了。她的天花，杰米的病，现在加上桥的垮塌——哦，这些都不是意外。她感到万分羞愧，就如同自己的额头上刻着字母。从总督府传来命令，说总督将送她的两个女儿去西班牙的修道院学校。这是对的。她孑然一身。她机械地收拾了几样东西，启程去城里参加追思仪式。但是她禁不住想到人群会冲着她的皮奥叔叔和她的儿子打哈欠；她想到教堂里那巨大的仪式，就像一道裂口，心爱的人们从中坠入，想到那末日的暴风雨，个体的魂灵在无以计数的亡者当中被雨打风吹去，容颜渐渐消逝隐没。在她旅途走到一多半的时候，她去到圣路易斯雷那个泥土堆砌的教堂里，对着一根柱子跪下休憩。她在自己的记忆里游荡，寻找她的那个亡者的面庞。她在等待某种情感的出现。"但是我什么都感觉不到，"她对自己喃喃地说，"我没有心。我只是一个毫无意义的穷女人，就这样。我被封闭了起来，我没有心。看吧，我什么都不去想了；

就让我在这里歇息吧。"她刚停下来，那可怕却又无以名状的痛就再一次涌遍她全身。这种痛，是无法再和皮奥叔叔说话的痛，是无法再向他诉说爱意的痛，是无法鼓舞病痛中的杰米的痛。她疯狂喊道："我让所有人都失望了。"她哭着，"他们都爱我，可是我辜负了他们。"她折回到乡下，有一年的时间都是带着这种自我绝望过日子。有天，她偶然听说那个极其善良的修道院院长也在同一次事故中失去了两个朋友。她手上的绣活掉到地上，那么她就会明白，她就会解释清楚这一切。"算了吧，她又会对我说什么呢！她甚至不会相信一个像我这样的人会有爱，会觉得失去了什么。"佩里绍莱决定去利马，远远地看一下修道院院长。"假如她脸上的表情告诉我，她不会鄙视我，那么我就和她讲话。"她说道。

佩里绍莱躲在修道院附近，觉得自己很崇敬这个平凡的老女人，虽然她的面容依然让她有几分恐惧。最后，她还是去拜见了她。

"嬷嬷，"她说道，"我……我……"

"我认识你吗，我的孩子？"

"我以前是演员，我就是佩里绍莱。"

"哦，是的。哦，我老早就想认识你了，但是他们说你不希望见人。我知道，你也有亲人在那座桥上坠亡……"

佩里绍莱站起身，摇晃了起来。天啊！那痛又来了，那些她再也握不到的死者的手。她的嘴唇变得苍白。她用脑袋摩挲着修道院院长的膝头："院长，我该怎么办？我只剩一个人。我在这个世界上一无所有。我爱他们。我该怎么办？"

修道院院长端详着她。"我的孩子，这里很热，让我们去花园，你可以在那儿休息。"她示意一个修道院女孩儿去取来一些水。她继续机械地和佩里绍莱说着话。"我早就希望能认识你了，小姐。甚至在那次事故发生之前，我就非常渴望能认识你。他们告诉我，你在宗教剧这个领域曾是一位非常漂亮的伟大演员，演过《伯沙撒王的宴会》。"

"哦，院长，你可别这么说。我是一个罪人。你不可以这么说。"

"来，把它喝了，我的孩子。我们有一个漂亮的花园，你觉得呢？你要是经常来看我们，哪天你就会碰见胡安娜姊妹，她是我们的总园艺师。她在加入修道院之前，几乎就没怎么见过花园，因为她是在山上的矿里工作。现在，所有东西都是由她一手打理。几年过去了，小姐，自从那件事之后。我失去了两个曾在孤儿院长大的孩子，但是你失去的是你的亲生孩子，对吧？"

"是的，院长。"

"还有一个很好的朋友？"

"是的，院长。"

"跟我讲讲……"

于是，佩里绍莱那长久的绝望，那从少女时代开始的孤独而执拗的绝望，终于在胡安娜修女的喷泉和玫瑰中间，在那个沾满灰土但却友爱慈祥的膝头找到了栖息之所。

但是，哪里能找到足够的书籍，去容纳那些假如桥不垮，便会因之发生变化的事情呢？从这当中，我又挑出了一个。

"阿别雷女伯爵想见您。"一个平民修女站在院长办公室的门口说道。

"好的。"修道院院长说，放下她的笔，"她是谁？"

"她刚从西班牙来。我不认识。"

"哦，这是捐钱的，伊内兹，是有人给我们院的盲人来捐钱的。快，招呼她进来吧。"

一位个子高挑、形容倦怠的漂亮女子进了房间。通常情况下都会从容不迫的克莱拉小姐这次显得有些拘谨。"您忙吗，亲爱的院长？我可以和您说会儿话吗？"

"我有的是时间，我的孩子。请你原谅一个老妈子的记忆不好。我们以前认识吗？"

"我母亲是蒙特马约尔女侯爵……"克莱拉怀疑这个女修道院院长并不喜欢她母亲，所以先是自己为玛丽娅夫人做了一番慷慨激昂的辩护，然后才让这个年长的女士说话。在她的自责中，原来的倦怠渐渐消失了。最后，院长告诉了她佩皮塔和伊斯特班的故事，还讲了佩里绍莱来看她的事。"哦，我们所有人都是失败者。一个人希望被惩罚，一个人希望能担当起各种各样的忏悔，但是你知道吗，我的孩子，在爱当中——我几乎不敢说这个字眼——但是在爱当中，我们的这些错误似乎都不会持续很久。"

伯爵夫人给院长看了玛丽娅夫人最后写的这封信。马利亚嬷嬷不敢大声说出她的震惊，她不敢相信在佩皮塔的女主人心中竟然能说出这样的话来（这些话从那时候起，就被全世界以欣然的口吻喃喃吟诵）。"现在去学，"她要求自己，"最后去学会这一点，那就是在任何地方你都可以找到圣恩。"她心中充满了喜悦，就像一个女孩找到了新的证据，知道她生活中希冀的那些可贵之处其实存在于各个角落，知道这个世界已经准备好了。"你能帮我一个忙吗，我的孩子？能让我带你看看我工作的地方吗？"

太阳落山了，但是院长拿着灯笼，领着她从一条走廊走到另一条走廊。克莱拉女士看见那些老人和孩子，病人和盲人，但是她看到最多的，还是那个领着她的疲倦而喜悦的老妇人。院长在一条走廊停下来，突然说道："我禁不住想，对那些聋哑人总能做些事情。在我看来，一些病人能够……能够自己琢磨出一种语言。你知道在秘鲁有成百成千的这种人。你知不知道在西班牙有没有谁为他们找到什么办法？好吧，总有一天他们会的。"过了一会儿，她说："你知道吗，我总是在想，对于这些疯子总能有些办法。我老了，你知道的，我不能去那些专门研究这些事情的地方，但有时候我看着他们，似乎觉得……在西班牙，现在，他们对这些人好吗？在我看来，似乎这里藏着一个秘密，就是不让我们知道，但又存在于我们周围。有天你回到西班牙，假如你听说了什么能帮到我们的，麻烦你给我写一封信……假如你不是太忙的话。"

最后，克莱拉小姐连厨房都参观完了。院长说道："现在我要告辞一下，因为我要去重症病房看看，对那些睡不着觉的人说几句。我不带你去那儿，因为你还不习惯这种……这种动静和事情。而且我和他们说话时，就像和孩子们说话一般。"她抬头看着她，脸上带着一丝淡淡的怜悯和微笑。突然，她离开了一会儿，回来时，跟着一个助手。此人也曾与那座桥有诸多瓜葛，曾经是一名演员。"她要走了，"院长说，"因为在城里还有某项工作等着她。等我说完话，就必须和你们二位告辞了，因为买面粉的人再也等不及了，我们要讨价还价好一阵子。"

但是当院长和她的病人们说话时，克莱拉女士就站在门口，旁边的地上放着灯。马利亚孅孅站在那里，倚着一根柱子。那些病人一排排地躺着，看着天花板，试着屏住他们的呼吸。那个晚上，她就在那里谈论着那些黑暗之外无处求助的人们（她此刻想着的，是孤独的伊斯特班，还有孤独的佩皮塔），这个世界也许对他们而言，太艰难，太没有意义了。而那些躺在床上的人们，觉得置身于院长为他们修建的围墙之内，在这里只有光明和温暖，而没有黑暗。为此，他们甚至愿意继续承受痛苦，去面对死亡。但当她说话时，脑海深处还是涌现了一些其他的想法。"甚至现在，"她想，"就几乎没有人记得起伊斯特班和佩皮塔了，除了我。只有佩里绍莱还记得她的皮奥叔叔和她的儿子。这个女人，记得她的母亲。很快我们就会死去，所有关于这五个人的记忆，都会随风而去。我们会被短暂地爱着，然后再被遗忘。但是有这份爱就已足够；所有爱的冲动，都会回到产生这些冲动的爱里。甚至对于爱来说，记忆也并非不可或缺。在生者的国度与死者的国度之间，有一座桥，而那桥就是爱。它是唯一的幸存之物，它是唯一的意义。"

后记

在我看来，我的书可以浓缩成两个问题：世界能降到一个人身上最大的厄运是什么？人能赖以抵拒它的最后手段又是什么？

——桑顿·怀尔德，1929 年 10 月 15 日写给他朋友诺曼·菲特的一封信

要了解《圣路易斯雷大桥》的由来，不妨从 1920 年开始说起，当时 23 岁的桑顿·怀尔德刚从耶鲁大学毕业，他想要成为一名剧作家，早在读本科的时候就发表了不少作品，其中大部分都与戏剧相关。那年夏天，他前往罗马美国学院[1]，参与了古典研究项目，时间长达八个月。在罗马，他积极参与社交活

1　由一些美国建筑师、画家和雕刻家在欧洲创建的供美国学者进行研究活动的机构，位于意大利罗马的贾尼科洛山。

动，同时还继续学习拉丁语、意大利语和地方考古学。这段意大利时光对这位作家来说是一次非常重要的经历，对他的未来影响深远。

在罗马待了一段时间后，1921 年夏天，怀尔德来到巴黎，在左岸开始了创作，但写的不是戏剧，而是他的第一部小说《卡巴拉》，其灵感来自他在"永恒之城"罗马的那段经历。在巴黎期间，新泽西州的男生寄宿学校——劳伦斯维尔学校向他投来橄榄枝，邀请他前去教授法语并协助管理宿舍。这所学校承诺会给他一份稳定的收入，就这样，带着刚写了个开头的《卡巴拉》，怀尔德于夏末返回美国，开启职业生涯的新篇章。

第一部小说

在劳伦斯维尔学校任教四年后，怀尔德到普林斯顿大学攻读法语硕士学位。1925 年 9 月，这位 28 岁的年轻人来到普林斯顿大学研究生院，开始了寄宿生活，他想要提高自己的教学专业水平，但这仅仅是一种谋生手段。他最想干的还是写作。在教学间隙、暑期辅导闲暇或在剧院过夜后，他会抽空继续创作《卡巴拉》。他的耶鲁大学同学刘易斯·贝尔当时是纽约出版

公司阿尔伯特 & 查尔斯·伯尼的财务主管，他十分欣赏怀尔德本科时期的作品，于1925年联系了他，询问他是否有任何作品愿意托伯尼公司出版。怀尔德欣喜地向贝尔展示了未完稿的《卡巴拉》，经过漫长焦虑的等待，伯尼公司终于同意出版。怀尔德得知这个好消息时，就在给家人的信中写道，"让我们期待这是崭新一天的黎明"。

1925年的那个秋天，为了让"崭新一天"变成现实，怀尔德起早贪黑，在完成毕业论文的同时，也把这部小说写完了。1926年的春天对桑顿·怀尔德来说是美好的；4月份的时候，伯尼公司出版了《卡巴拉》（献给他"1920 — 1921年在罗马美国学院结识的朋友们"），两个月后，他获得了法语硕士学位。

《圣路易斯雷大桥》的诞生

《卡巴拉》极受英美两国评论家青睐，而且销量很好，伯尼公司果断决定趁热打铁，尽快再出版一本怀尔德的小说。到1926年7月的时候，所谓的"秘鲁人"已经在怀尔德脑海中构思成形。他面临着作家的经典困境：处女作的版税收入不足以支撑他专职写作第二部小说。怀尔德心里打鼓，想着自己是否要重返教学岗位，像以前一样在忙碌之余抽空进行创作。也正是在 1926 年，他本科期间创作的第一部多幕剧《号角即将吹响》在百老汇之外的美国实验剧院开演。这部剧不怎么对评论家们的胃口，但著名导演理查德·波列斯拉夫斯基——曾在莫斯科艺术剧院执导——对该剧本评价很高，并试图说服好莱坞制片人将其拍成电影，可惜没有成功。

为了避免来年因重拾教职而浪费写作时间，为了能够专心致志进行小说创作，桑顿想尽了一切办法。在麦克道威尔文艺营驻留期间，虽然可供写作的时间很短，但不会被中途打断。他当起了"富二代"的向导和同伴，依其父母所愿，带这个男孩儿多了解欧洲文化瑰宝。有了这份工作，桑顿的钱包里就不会只有《卡巴拉》的版税收入了。"富二代"回美国后，桑顿在欧洲又花了几周时间进行写作，直到 1927 年 1 月下旬才回家。

最终，这本小说的笔记和手稿印上了伦敦、罗马、那不勒斯、慕尼黑、柏林、巴黎、法国南部瑞昂莱潘等地酒店房间和远洋客轮特等舱的无形记号。回到美国后，他在纽约布里亚尔克利夫找了份家教工作，在纽黑文租了个房间进行写作，1927年 7 月他在罗得岛纽波特的基督教青年会待了两周，在这期间

圣
路
易
斯
雷
大
桥

152

写完了《圣路易斯雷大桥》。这种游荡不定的生活方式或许会令许多作家感到挫败，但却很适合怀尔德，这也成了他一生中大部分工作和写作的显著风格。

在写给一位罗马朋友的信中，怀尔德讲述了他在创作故事时所体验到的兴奋感："书里的秘鲁人，总是在火车上、在画像前、在床上与我会面。与他们有关的传闻逸事、零零星星的描述，有时候就连一个形容词也会神秘地穿过餐厅，飘向我。"他那段时期的日记也有助于我们深入了解这本书的写作历程。（见材料1和材料2）

为了让怀尔德保持压力，他一提交文稿，伯尼公司就马上打印出来。最终，这本小说如怀尔德和伯尼公司所愿，在一年内完成了。

故事的由来

1926年春天，当桑顿·怀尔德刚刚开始构思《圣路易斯雷大桥》的时候，他虽精通德语、法语和意大利语，曾到欧洲游历，少年时期在中国住过几年，但他从未去过拉丁美洲，也不会说西班牙语。这部小说的灵感来源既包括广为流传的历史记载和参考文献，也包括他在文学、戏剧和《圣经》等领域的深厚造诣，还包括他与信仰问题的角力。

纽约表演艺术公共图书馆的第一任馆长乔治·弗里德利对怀尔德所掌握的西班牙殖民帝国戏剧知识很感兴趣，想要了解更多细节，1934年怀尔德在给这位馆长的一封信中写道：

> 我对秘鲁的戏剧一无所知。我只是推测，这可能与文艺复兴时期伟大的西班牙戏剧有些关联。我没有读过任何相关文献。我只读过普罗斯佩·梅里美《克拉拉·加苏尔戏剧集》后面的注释［我的小说很大一部分是基于《圣体马车》——（雅克·）科波在纽约和巴黎所执导的出色戏剧］。
>
> 因此，我也很想了解你对秘鲁戏剧的看法。我是写完书之后，才开始进行研究的。

普罗斯佩·梅里美的《圣体马车》是1921年夏天怀尔德在巴黎老哥伦比亚剧场看过的一部短喜剧。该剧以18世纪的秘鲁为背景，戏谑地颂扬了秘鲁总督唐·安德雷斯·德·利贝拉与被称为"佩里绍莱"的著名女演员米凯拉·维拉加斯之间臭名昭著的婚外恋。这段真实存在过的恋情至今仍在秘鲁历史和传说中占有重要位置。

根据可靠资料，我们了解到怀尔德对威廉·普雷斯科特的经典著作《墨西哥征服史》《秘鲁征服史》十分熟悉。可以确信的是，他还参考了海勒姆·宾厄姆[1]关于探索安第斯山脉和发现马丘比丘的相关著作（事实上，怀尔德很可能在耶鲁大学就遇到了宾厄姆，怀尔德在那里待了许多年，而这位探险家带回的著名印加文物曾在耶鲁大学的皮博迪自然历史博物馆展出）。

在《桑顿·怀尔德传》中，佩内洛普·尼文讲述了桑顿·怀尔德——这位说书人——在《圣路易斯雷大桥》出版四年前曾如何引用普雷斯科特的作品。"在康涅狄格州的夏令营当辅导员时，"尼文回忆道，"他常常被叫来围着篝火讲故事。夜晚火光映照，在令人不安的阴影中，他讲述着神秘、可怕、往往血腥而暴力的印加传说和阿兹特克传说，男孩儿们都惊呆了。"

1　海勒姆·宾厄姆（Hiram Bingham，1875—1956）：美国学者、探险家和政治人物，曾任美国参议员（1925—1933）。宾厄姆于1911年在当地农民带领下，重新发现了印加帝国遗迹马丘比丘。

那么，怀尔德笔下这座"印加人一个世纪前用柳条编成的"桥又是从何而来的呢？怀尔德是在什么地方第一次遇到这座位于利马和库斯科之间的大路上……全秘鲁最好的一座桥？几乎可以肯定的是，怀尔德看过伊弗雷姆·乔治·斯奎尔[1]的《印加大地上的游历和探索》，这位先锋考古学家所撰写的畅销书里有一幅画作，画的就是阿普里马克河上这座非同寻常的印加之桥。

另一座桥也出现在怀尔德的小说中：一座吊桥，就在他完成研究生学业的普林斯顿校园附近。他的妹妹伊莎贝尔回忆道，他曾经向她指过"普林斯顿校园里一个确切地点，当他从这座小桥——桥下是一条流入湖中的小河——走过时，立马就来了灵感"。

《圣路易斯雷大桥》中的宗教元素也是非常重要的。例如，怀尔德所写的"要么我们生于偶然且死于偶然，要么我们生于定数且死于定数"，其灵感来自《路加福音》13：4的一段话：从前西罗亚楼倒塌了，压死十八个人，你们以为那些人比一切

---

1 伊弗雷姆·乔治·斯奎尔（Ephraim G. Squier, 1821—1888）：美国考古学家、历史作家、画家和报纸编辑。

住在耶路撒冷的人更有罪吗？在女修道院院长这个例子中，除了一位成长中的圣人，我们读到的全是看似冷漠的世界中所盛行的基督教价值观。

最终，怀尔德从"圣路易斯雷传教之行"处借用了书名，这是圣方济会的一次著名传教之行，就在加利福尼亚海岸上，估计是他在孩提时期碰到的。另一值得推敲之处是，朱尼帕修士的名字可能来自传奇的圣方济会修士朱尼佩罗·塞拉[1]，他开展了许多传教布道活动，但显然不包括圣路易斯雷传教之行。

关于风格的注解

《圣路易斯雷大桥》出版多年后，1955年11月7日，怀尔德给德国弗莱堡大学20世纪美国文学专业的优等生弗朗茨·林克回了一封信，有助于我们窥见小说风格所受到的影响：

> 我要谈谈自己的看法——如你所愿！谈谈《圣路易斯雷大桥》的"风格"，谈谈风格中相对外在的方面。我在写

---

1 朱尼佩罗·塞拉（Junípero Serra，1713—1784）：西班牙籍罗马天主教神父，他因在18世纪把基督教传播到加利福尼亚而知名。

最初两部小说之前的那些年里，深入阅读了很多法国大世纪时期[1]的文学。

蒙特马约尔女侯爵是以塞维涅侯爵夫人为"原型"的——这是受到西班牙殖民环境的显著影响。我刻画主要人物的方式，是效仿圣西门和拉罗什富科的回忆录，甚至还包括圣西门的画像、博叙埃和布达鲁耶的布道辞。因此才会出现这种"与众不同"的古典语调，与激动人心的情节之间保持着些许反讽距离，这本身就是一种表达——甚至可以说是借用——从拉丁思想界的借用。因此不时也会用些格言警句。

出版《圣路易斯雷大桥》

1927 年 7 月，怀尔德将这本书的最后几页文稿提交给了出版商，同年秋天，他返回劳伦斯维尔学校再次教起了法语，并负责管理宿舍。为了继续写作，他曾考虑过放弃这份教职，

---

1 大世纪时期（Grand Siècle）：指法国 17 世纪处于路易十三和路易十四统治下的一段时期，这一时期以文学和艺术的发展而闻名，剧作家莫里哀、拉辛、高乃依都活跃于该时期。

但父亲担心他当作家的收入十分不稳定，力劝他干下去。（材料4展示了在劳伦斯维尔学校工作的怀尔德以及他位于戴维斯那个家的开销费用。）

怀尔德的出版商也不太有把握；这份手稿大约有34 000词，无论怎么说都只能算是很短的长篇小说。面对这么短的篇幅，伯尼公司感到很担心，他们在给怀尔德的信中写道：

我们现在进退两难。《圣路易斯雷大桥》的校样刚到，整本书只有195页。我们既然已经宣布本书定价2.5美元，就的确应该这么做。但我们已经向您解释过书商对于这件事的愚蠢看法。他们会拿起一本书，哼道，这本书只有195页，然后立刻闹翻天……因此，现在只剩下这几种选择了。要么降价，这估计行不通；要么放上六到八幅插图，不管怎样这都会让书商觉得是个亮点，也就不会有那么多意见了。

怀尔德在给妹妹伊莎贝尔的信中阐明了这个两难境地：

我的出版商非常震惊，这么一本小书要卖 2.5 美元，实在不值这个价。他想要放进去六到八幅插图，还要有加拿大和因纽特的销售版权。

我们不清楚怀尔德对伯尼公司发来的信件是如何正式回应的。但我们知道，1927 年 11 月 3 日，一部名为《圣路易斯雷大桥》的 235 页小说——题记为"献给我的母亲"——在纽约以 2.5 美元的单价出版了。这本书十分不雅观，纸张厚得可怕，页边距宽得离奇，总共放了十幅插图。

怀尔德的首部小说《卡巴拉》轰动一时，备受好评，但受众面不广。这本书的反响——以及随后的销量——自然让出版商认为怀尔德的读者群都是受过高等教育的时髦文学崇拜者。《圣路易斯雷大桥》塑封上的营销文案经过精心设计，以吸引这些"精致"的目标读者。

"或许可以再一次预言，本书将会打动那些最精致的读者。"

伯尼公司料想怀尔德的第二本书可能会比第一本书吸引更多的读者，便适当增加了首印数量，《卡巴拉》首印 3250 本，

《圣路易斯雷大桥》则首印 4000 本。由于首印量适度上调，又瞄准目标读者，《圣路易斯雷大桥》第一版即刻售罄。两个月后，也就是 12 月底，17 500 本书被抢购一空。次年 5 月，该书获得 1928 年度普利策小说奖。一个月后，即 6 月底，已经售出了 158 000 本。到 1928 年 12 月底，这本年度最畅销小说共印刷了 17 次，在美国的销量总计 223 000 本，在英国的销量总计 50 000 本。现在的读者对印数达上百万册的畅销书见怪不怪，自然不把《圣路易斯雷大桥》的销量当回事，但这在当时可是引起了不小的轰动。

大西洋两岸热情的评论家在推动《圣路易斯雷大桥》的非凡销量上功不可没。英国朗曼－格林出版集团公司比美国伯尼公司稍稍提前出版了这部小说，从一开始就引来享誉国际的英国评论家们如潮的好评，为《圣路易斯雷大桥》在美国的反响铺好了路。《伦敦标准晚报》评论家阿诺德·贝内特的赞语被广泛引用，尤其具有影响力：

> 绝对一流的作品。这本书在当今时代是无与伦比的……它令我倾倒。

其他评论同样不吝溢美之词：

　　在当代文学中遇到这样阳刚雄浑、灿然一新的天赐之
作是多么令人愉快啊。

　　　　　　　　　——拉尔夫·施特劳斯，《星期日泰晤士报》

　　作者穿过了这座桥，成功跻身大师之列。

　　　　　　　　　　　　　　　——《伯肯黑德新闻》

著名的美国评论家则如此评价这部小说：

　　一等星。

　　　　　——威廉·莱昂·菲尔普斯，《斯克里布纳杂志》

　　这本书带着卓尔不群的美。

　　　　　　　　　——亚历山大·伍尔卡特，《世界》

难免也存在一些反对之声，这在天主教媒体中尤为明显。

都柏林的《标准报》宣称怀尔德对教会的描述是"愚蠢"的，认为作者对"长老会抱有恶意"。英国牛津的《伊希斯》则称该书"极其沉闷"，令人失望。

1928 年 7 月，赫斯特出版集团开始在《纽约美国人报》上连载这部小说，《圣路易斯雷大桥》吸引了更多的读者。报上有幅速写，描绘的是倒塌的桥梁和五个从空中飘落的身影，旁边印着：

> 本报连载有史以来最伟大的文学作品，以飨大都会读者。
>
> 那五个从大桥坠落的秘鲁人是否死于非命？

这本"改变了一切"的书

随着《圣路易斯雷大桥》的出版，怀尔德所期盼的黎明曙光到来了。圣诞节的时候，当怀尔德写信给刘易斯·贝尔时，电话一直响个不停，每二十分钟就来一次电报——"制作人打来的电话，报告说吉卜林喜欢它。"

当怀尔德的作品一夜成名后，他最初想继续留在劳伦斯维尔学校。1928年3月，他在给新朋友F.斯科特·菲茨杰拉德的信中写道："我非常喜欢教书，可能会在这里待上好多年；我每天必须按日程工作；我没有专职写作的习惯，我非常懒惰，很少写作。"但很快他就改变了主意，与一家大型演讲机构签订了多年期合同。在劳伦斯维尔学校过完春季学期后，这位在国际上声名鹊起的当红作家踏入了全新的领域。

1928年9月，他和世界重量级拳击手兼文学爱好者吉恩·图尼在瑞士阿尔卑斯山进行为期三周的徒步旅行，由此开启了新世界的大门，相当高调。这次旅行中，两位名人互相做伴，讨论伟大作品，但旁边少不了狗仔队的身影。

怀尔德变成了一位富有的作家，这得益于《圣路易斯雷大桥》的成功、第一次演讲所获酬劳、《卡巴拉》的再次走红以及1928年出版的首部戏剧著作《兴风作浪的天使及其他剧作》（见材料6B）所获版税。1928年和1929年，他所获得的联邦应税收入合计为137 227美元，换算成今天的币值，略高于200万美元。

怀尔德把这些意外之财都花在哪些地方了？他对自己的第一位律师德怀特·达纳很快就产生了信任，在这位纽黑文人的指引下，他开始供养自己的父母和两个妹妹。怀尔德的父亲身体不好，当时刚从纽黑文的报社记者岗位上退休，家里的经济状况和过去一样糟糕透顶。

桑顿开始养家糊口，这艘"迷途"之船很快就驶入了正轨。他购置土地，建了栋房子，他母亲说这是第一个真正属于自己的家：这栋四居室住宅位于纽黑文哈姆登镇磨石路深木街，还清父亲的大笔债务，开设银行账户并定期给父母两人汇钱，买了一辆新车，带家人出国旅行，为最小的妹妹支付大学学费。他为自己在新家安排了一个书房和一架施坦威三角钢琴。最后，根据达纳的建议，怀尔德于1929年5月开了个投资账户，里面放的都是蓝筹股。由于股票质量很高，这个账户轻松挨过了大萧条时期。

虽然怀尔德现在有钱了，但他还是很想念课堂，决定重拾教职。1929年末，怀尔德要去芝加哥大学当兼职教授的消息传遍全国，兼职时间从1930年4月开始。他的教学内容包括大型讲座课程"典籍翻译"，以及创意写作小型研讨会。在教室里，在课后与学生、同事的交谈中，在他乐于探索的大城市里大图书馆的背光处，他发现又回到了自己所需要的世界 —— 一个安全、稳定、有趣的环境，最重要的是有一套令人愉快的日程。

得益于《圣路易斯雷大桥》的成功，怀尔德还获得了旅行的自由。课堂之外，他会去酒店、火车和轮船上度过创作时光，结识各种各样的人。在游历中，他的创造力得到滋养，他作为小说家和剧作家的生活也变得丰富起来。他是全美最擅长剖析家庭和爱情的评论员之一，但却只是定期回到哈姆登那座靠《圣路易斯雷大桥》建的房子而已。

终于来到秘鲁

1941 年春天，在美国国务卿科德尔·赫尔所执行"睦邻"政策的赞助下，怀尔德终于来到了南美洲，对哥伦比亚、厄瓜多尔和秘鲁进行为期三个月的访问。在那里，他会见了领军作家，以增进友好关系和相互理解。如今，这位文化外交使者不仅会说西班牙语，而且在讲座和采访中都能熟练运用西班牙语。在利马期间，我们从他与哥伦比亚著名作家费尔南多·冈萨雷斯的通信中得知，他用西班牙语做了题为《北美文学的部分流派：梅尔维尔、惠特曼、梭罗、坡和艾米莉·狄金森》的内容丰富的讲座。

十七年后，在 1958 年 1 月 27 日那天，秘鲁驻华盛顿大使馆举办了一场热闹非凡的午宴，费尔南多·贝克迈耶大使授予桑顿·怀尔德"秘鲁司令功绩勋章"。正如《华盛顿晚报》专栏作家贝蒂·比尔所报道的那样，大使在讲话中感谢这位"不知疲倦、热情洋溢、外向开朗的美国作家"所建立的"通向西班牙—秘鲁文化的永恒桥梁"，这座桥梁"永远不会倒塌"。

遗产 —— 出版、翻译及改编

文学上伟大的成功可能会像彗星一样消逝，也可能会在某段时期被人忽视。但《圣路易斯雷大桥》从未遭遇这种厄运。从 1929 年开始，迅速走红的《圣路易斯雷大桥》成为伯尼出版社首创的"平装书系列"的开篇之作。十年后，它被选为"新版口袋书"的前十本之一 —— 这彻底改变了美国的出版业 —— 销量超过一百万册。多年来，《圣路易斯雷大桥》出现在特别版、选集和"最佳书籍"名单中，包括 1998 年现代图书馆所评选出的一百部最佳小说和《时代》杂志所评选出的"史上最佳小说（1923 — 2005）"。2009 年，《圣路易斯雷大桥》与怀尔德的戏剧《我们的小镇》共同被美国国家艺术基金会"大阅读"项目选中，该项目"将社区居民聚集在一起，阅读、讨论和颂扬美国及世界文学中的书籍和作家"。

《圣路易斯雷大桥》在国际上也长盛不衰。出版后不久，伯尼公司便将版权卖给国外，由此有了挪威语、匈牙利语和德语版本。迄今为止，这本书已被翻译成三十多种语言，包括缅甸语和泰语。

《圣路易斯雷大桥》主题很深刻，与道德和宗教有关，重点关注角色复杂而矛盾的内心世界。这是一部内省型作品，缺乏明显的情节和事件推动，因此很难成功搬上舞台和银幕。正如许多人所看到的那样，怀尔德小说的第一句话就揭示了故事中最具戏剧性的元素——桥梁的倒塌。尽管这部小说的戏剧化改编困难重重，但从1928年开始，电影、广播和电视制作人，以及作曲家、戏剧导演依然为了自己的目的和利益，设法对《圣路易斯雷大桥》进行改编。（见材料7）

跨越一生的桥梁

《圣路易斯雷大桥》就像《我们的小镇》及其他怀尔德作品一样，读者年龄不同、生活阅历不同，对这本书的理解也会千差万别。有些人在高中第一次接触这本书，后来重读时会有全新的体验，深受启发。1995年，已故的杰出外科医生、教育家和作家舍温·努兰——这个每天都要跟生死打交道的人——发现自己迷上了12岁儿子威尔的暑期阅读清单。《圣路易斯雷大桥》位列其中，努兰医生决定自己也读一读。正如《波士顿环球报》上所写的那样：

> 威尔"有点儿"喜欢《圣路易斯雷大桥》，"但无法理解书中所传达的终极信息"。这位医生向儿子坦白，"我第一次阅读时也有同样的感受"，并建议儿子每二十年重读一次怀尔德的小说，并预言总有一天，他会"理解这本书的深层含义"，也会感到怀尔德在探索记忆和爱的持久力量过程中所展现出的智慧。

获得普利策奖的评论家乔纳森·亚德利在重读《圣路易斯雷大桥》时，发现这是"一本非常了不起的书"，"自出版以来的八十年里，这本书从未过时"。2010年，他在《华盛顿邮报》上写道，他最初读完这本小说之后，很快就忘光了，这是受到以前学校教育的影响：

我是被迫阅读这本书的，这也就解释了为何我会转头就忘。没有什么比强行灌输更能扼杀一本书了，更何况这本书还是个道德寓言，它所抛出的问题对于青少年来说太超前、太复杂了。

J. D. "桑迪" · 麦克拉奇是一位诗人，是《我们的小镇》的歌剧编剧，也是美国图书馆三卷本怀尔德小说和戏剧合集的编辑。他一针见血地指出，怀尔德的小说得靠"读者慢慢接近……完全靠他们自己。自己领悟的远比从课堂上学到的更多"。在认真思考"重新发现怀尔德作品（尤其是《圣路易斯雷大桥》和《我们的小镇》）"这一主题时，麦克拉奇写道：

> 我从高中就开始阅读怀尔德的小说——《圣路易斯雷大桥》和《三月十五》。后来才读了其他书，也是后来才懂得去欣赏那两本早先读过的小说。在阅读《我们的小镇》时也有类似的经历：当你第一次阅读这本书的时候，已经到了一定年龄，会受到一些触动，但还是太年轻了，无法理解它的深层含义。

后来你才意识到，这不是那种你会记得的老掉牙的伤感故事，而是一部关于人类记忆和失去的作品，黑暗而痛苦，令人难以抗拒。他的前五部小说都是如此。重新遇到这些书，怀尔德所揭露的心灵创伤变得不再陌生，你才感觉到自己终于头一次把这些书读进去了，它们是如此新鲜、奇妙而严肃。我不断发出惊叹声，惊叹于书中闪烁着的微光，惊叹于书中所展现出来的张力，惊叹于书中通往灵魂秘密的奇迹入口。

强制灌输也好，快乐阅读也罢，总之到了20世纪60年代，教学课堂和暑期书单上已经随处可见《圣路易斯雷大桥》的身影。1954年夏天，怀尔德在穿越大西洋时，帮助他在船上遇到的高中生约翰·格伦登宁撰写了一篇关于《圣路易斯雷大桥》的读书报告。乐于助人的怀尔德先生没有署名，帮约翰写了一段话，分析《圣路易斯雷大桥》中所提出的道德问题：

亲爱的约翰：

试试看在文章结尾加上这一段——

怀尔德先生的书提出了一个问题。每年，当我们在报纸上读到事故报道时，我们总是会问这个问题。那些事故丧生者的亲友肯定常常问他们自己这个问题：某个人在某个特定时刻死去，是否存在某种意图、意义或理由？在我看来，怀尔德先生并没有给出明确的答案。我不认为他打算给出一个答案。他希望每位读者都能从自身经历中找到属于自己的答案。自从怀尔德先生写这本书以来，这个问题已经呈现出全新的、更广阔的形态。假设新发明的核武器即将毁灭人类——不是一个人，也不是很多人，而是整个人类群体——那这个问题的答案是什么？人是否能在大毁灭中找到一个意图、一个理由、一种意义？乍一看，由于外在环境而受害——桥的断裂——和由于人类暴力而受害之间似乎没有什么关联性。但说到底，其实人身上的杀戮冲动也可以成为我们问题的研究对象：人具有毁灭性冲动，这究竟是一桩悲剧，抑或有它自身的意义和意图？——拥有力量对人来说是一种考验，是一种警告，是他成长教育中的一部分。这就是莎士比亚（在《一报还一报》中）所说的意思：

唉！有着巨人一样的膂力是一件好事，

可是把它像一个巨人一样使用出来，

却是残暴的行为……

致以最良好的祝愿和最诚挚的问候

谨上

桑顿·怀尔德

1954 年 7 月

正如怀尔德在 1952 年给保罗·弗里德曼博士的信中所写，"我将《圣路易斯雷大桥》当作'生命意义'的联结，也就是爱的联结。一千个读者中只有一个会注意到我在书中否认了死后意识的存在"。怀尔德和朱尼帕修士都没有回答小说开头提出的问题："要么我们生于偶然且死于偶然，要么我们生于定数且死于定数。"尽管语义含混，但是当我们想要用语言来描述令人费解的悲剧时，怀尔德书中的经典结尾仍为我们的脆弱世界提供了一条救生索。

这本小说的结尾最为著名的一次公开引述是在 2001 年 9

月 21 日，英国前首相托尼·布莱尔在纽约的一次追悼活动中选读了这段话，以悼念在"9·11"事件中遇难的数百名英国公民。

> 很快我们就会死去，所有关于这五个人的记忆，都会随风而去。我们会被短暂地爱着，然后再被遗忘。但是有这份爱就已足够；所有爱的冲动，都会回到产生这些冲动的爱里。甚至对于爱来说，记忆也并非不可或缺。在生者的国度与死者的国度之间，有一座桥，而那桥就是爱。它是唯一的幸存之物，它是唯一的意义。

2006 年 5 月，在澳大利亚塔斯马尼亚州的比肯斯菲尔德发生了一场矿难，14 名矿工得以逃脱，2 名矿工在一场惊心动魄、轰动全国的高科技救援中奇迹般地获救了，1 人死亡。小说家兼剧作家约翰·伯明翰在《澳大利亚人报》上写了一篇感人的文章，唤起了人们对成千上万的矿工的怀念，他们没能享受到"卓越科技"所带来的红利，每年都有矿工"孤单离世，无人知晓，无人悼念"。他用这些话作为文章的结语：

（《圣路易斯雷大桥》中）灾难幸存者认识并爱着死去的五人，他们凭直觉知道，唯一真正的意义，就是他们曾经活着，并且从一开始就被爱着。生者与死者之间唯一的桥梁就是爱，"它是唯一的幸存之物，它是唯一的意义"。

2011 年，"9·11"事件十周年之际，路易斯安那州作家丹尼·海特曼在《华尔街日报》"杰作"专栏上写了 900 字，向这部小说致敬，唤起了人们对这次事件的回忆。通栏大标题《这本小说言说不可言说之物》占据了整个头版，海特曼是这样开头的：

本周末是美国"9·11"恐怖袭击事件十周年纪念日。我们一直努力去理解并接受美国本土遭遇致命袭击这一事实，而桑顿·怀尔德 1927 年的小说《圣路易斯雷大桥》书写了命运的残酷和爱的救赎力量，至今仍能在反复出现的事件中引起共鸣。

2007 年 8 月 1 日，明尼阿波利斯市横跨密西西比河的 I-35W 八车道大桥坍塌，造成 13 人死亡。《芝加哥论坛报》专栏作家约翰·卡斯承认，他一直避免谈论这场悲剧，直到一位朋友力荐他去阅读《圣路易斯雷大桥》。随后卡斯在专栏中写道："如果你和我一样，不敢直面明尼阿波利斯事件，不妨读一读怀尔德的小说，来搞清楚这一切到底是怎么回事。"卡斯回忆起自己的青葱岁月，那时候海明威的斗牛故事令他难以忘怀，而怀尔德所写的 17 世纪桥梁倒塌事件则很快就忘得干净：

怀尔德很特别。虽然他的作品里也有提到斗牛，但这仅仅是景观的一部分，作者并没有投入什么感情。你肯定尝试读过那种难懂的书，当时你还没有准备好，没有真正的生活体验，也没办法将书与生活联系起来。在大学里，我还没有准备好阅读这类小说，但现在我已经准备好了。

结语

《圣路易斯雷大桥》出版后，简直是卖疯了，我叔叔半开玩

笑似的在日记中写下了这些警句:

> 简单文学的主题就是忽视生活,就是从生活中抽离出来:(亚历山大·)仲马、侦探故事,就像玩高尔夫和桥牌一样,打发时间,转移视线。
>
> 优秀文学的主题是对生活的观察:令人愉悦又多姿多彩的生活图景。
>
> 伟大文学的主题是对存在的(一种)解释,对我们如何过好这一生提出建议。伟大文学是触及心灵的生命教诲。

桑顿·怀尔德致力于写出伟大的文学作品,这意味着他是一位忠于职守的艺术家,他练习着如何提供"建议",再画上问号——用非常现代的方式讲述了一个精彩的故事。非常棒的作品!《圣路易斯雷大桥》中,我最喜欢的是那改变了一切的故事开端:

> 不过,尽管朱尼帕修士勤勤勉勉,但他仍未知晓玛丽

娅夫人最重要的情感经历。同样，他也不懂皮奥叔叔和伊斯特班。而我，虽然宣称自己知之甚多，是否也可能漏掉那情感源泉中更隐蔽的涌流呢？

塔潘·怀尔德（Tappan Wilder）

（方嘉慧译）

阅
读
材
料

材料 1:《圣路易斯雷大桥》早期草稿里的开场白

1926 年夏天，怀尔德在纽约写下了这份早期草稿；就写在本科时期全美兄弟会会所的信笺上，当时这部作品还没有起名字。请注意，桥梁坍塌的日期正是他自己的生日。

　　ADP 俱乐部 [1]

　　纽约西 44 号大街

　　1714 年 7 月 20 日周五中午，印加人在全秘鲁最宏

1　ADP 俱乐部：ALPHA DELTA PHI 的简称，是美国的一个大学兄弟会，1832 年成立于纽约。

伟的里韦莱罗峡谷上所建造的那座吊桥断了，致使五人死亡。由于这座桥距离利马只有八英里，起码有两个遇难者是利马人所熟识的，所以不难想见这事儿在城里引起了多少议论。死者家属尽力在河床周围辨认出亲人的遗体，然后举行了葬礼，简单来说就是这样。接下来又发生了其他大事，这次坍塌事故似乎就要被遗忘了。

但有一个人始终无法忘怀。朱尼帕修士目睹了这次事故的发生。

材料 2：怀尔德日记中的三处记录

怀尔德把想法都写在自己的日记里。这三处记录体现了他对绝望、激情和嫉妒的思考。

在第一处记录中，我们发现这位小说家写到了女修道院院长对男人的仇恨，当时她正直面自己对所抚养双胞胎孤儿的感情。在怀尔德的家族中，众所周知，女修道院院长这一人物形象的部分灵感来源于怀尔德的姨妈夏洛特·塔潘·尼文（1888 — 1979）。当怀尔德创作《圣路易斯雷大桥》时，她正担任世界基督教女青年会的秘书长。

[1926 年 11 月] 她讨厌所有男人。但却越来越喜欢这对双胞胎男孩儿。下午晚些时候，她会把他们叫到办公楼花园的椅子旁，让厨房给他们送来一些蛋糕，告诉他们熙德和约书亚的事迹以及摩尔人的六十七次厄运。她渐渐爱上了他们，于是她会发现自己深深凝视着他们的黑眼睛，试图从中寻找他们变成男人后会具有的特质，所有那些邪恶特质，所有那些玷污女性世界的无情特质。

接下来的两处记录也都与双胞胎伊斯特班和曼纽尔有关。怀尔德本人是双胞胎之一，但出生时只有他幸存下来，他一生都在作品中探索双胞胎和幸存者的生活动态。去世前两年，他公开宣称，1973 年出版的《西奥菲勒斯·诺斯》就是对孪生兄弟生活的想象，这也是他的最后一部小说。

[1926 年 11 月] 伊斯特班的寻死（我决定把他写得

比最初计划的要聪慧得多）是一个寓言，讲的是当一个人拒绝活下去时会怎么做。为寻求解脱，他最初只是使用武力。（1）从着火的房屋中救人。（2）参与斗牛。（3）通过辱骂著名暴君等行为挑起决斗。他的座右铭是"我是不存在的"。注意：这个世界仿佛是漏斗形的，在人的生命之上有不可撼动之物，有伟大而警觉的上帝之眼，还有一个声音说道：这公平吗？注意：当他冒险行善以寻死时，这只"眼睛"反而不再露出责备之意……

[1926 年 12 月] 关于曼纽尔、佩里绍莱、伊斯特班：各式各样的爱背后都有一个共同点，当丈夫对工作、母亲甚至网球投入过多感情时，女人会因此而产生妒意，她们都会承认这一点。条条大路通罗马，激情是一种次要的"爱"。

材料 3：亲爱的约翰·汤利

许多读者——通常是学生，当然也包括新闻界人士——经常追问怀尔德本人如何看待《圣路易斯雷大桥》里面所提出的核心问题。这本小说出版四个月后，怀尔德在一封信里回答了约翰·汤利所提出的问题，约翰·汤利是他以前在劳伦斯维尔学校教过的一个学生。以下是这封信的摘录。

亲爱的约翰：

这本书不是为了解答问题而写的。悬而未决的问题上应当会笼罩着似是而非的慰藉，但这种慰藉并不是已被证明的定理。这本书和你的五个朋友在车祸中丧生的消息一样令人困惑和痛苦。我不敢说所有的突然死亡——归根结底——都是胜利的。正如你所说，这世界上一半以上的事情似乎在证明着什么，其余的事情则虚无缥缈，甚至自相矛盾。契诃夫曾说："文学不是为了回答问题，而是公正地陈述问题。"我只想说，人类的情感中有一种奇怪而不可捉摸的慰藉，仅此而已。在信仰坚定的人看来，本书是对这种乐观主义的辩护；在信仰幻灭的人看来，本书是赤裸裸的"对绝望的解剖"。我更倾向于后者，尽管有些时候我发现自己悄悄地站到了前者的阵营里。三十年后我会在哪里？——会与哈代站在一起吗？

桑顿·怀尔德

戴维斯之家

新泽西州劳伦斯维尔

1928 年 3 月 6 日

材料 4：亲爱的廷克先生

怀尔德写信给耶鲁大学英文系的传奇人物昌西·布鲁斯特·廷克，他认识怀尔德的父亲。从信中可以看出，这位 30 岁的作家拿不准自己是否要离开校园圈子，毕竟他在学校里干得不错，早已把那里当成自己的家了。在这封信里，他提到了自己所管理的宿舍"戴维斯之家"，里面住着 32 名学生。怀尔德还提到了父亲阿莫斯·帕克·怀尔德（1862 — 1936），他出生在缅因州的加来市，在奥古斯塔长大，是一位虔诚的公理会信众。父子俩就上帝在生命中的旨意产生过多次争论，并不总是那么一团和气。

亲爱的廷克先生：

　　您可以想象得到，收到来信时我是多么激动，那一天我特别开心，别的什么事儿都不想干了。我想请您帮忙评判看看，我碰到了一个新问题，越来越多的人私下劝我不要再为了那一点儿薄薪当什么宿管、老师，要去别的地方——比如百慕大——像奶牛产奶一样进行写作。我不知道该如何回答他们，但我确实觉得（尽管偶尔也会有疑虑）这种生活十分宝贵，而且我敢说，我在日常工作中所感受到的乐趣，也会对其他人产生有益的影响。总而言之，除了我们俩，似乎没有人再相信教学是一份体面的职业。（尽管对我们来说，就连"体面"这个词都是太轻描淡写了。）哎，您真应该来"戴维斯之家"看看，这32个可能会成为油井工和印第安土著的孩子总是那样真诚、知足、勤奋……

　　至于您所提出的问题，嗯，我是不是太像个新英格兰人了？我必须克制说教的冲动，那是不光彩的。这种道德态度是从哪里开始生根发芽的？又是从哪里开始转变为清教徒式的专断？对此我十分困惑。我父亲是个土生土长的缅因州人——出生于 19 世纪 60 年代——我也继承了所有这些观念，需要我去审视和扬弃。

当您因我书中的某一页而哭泣时，那并无不当。当您谈到博士、考珀或戈德史密斯时，我也多次因爱、敬畏或怜悯而落泪。

桑顿·怀尔德

戴维斯之家

新泽西州劳伦斯维尔

1927 年 12 月 6 日

材料 5：那本"改变了一切"的书

《圣路易斯雷大桥》彻底改变了怀尔德的生活。几乎一夜之间，他就声名鹊起，到处参加派对、举办讲座、接受采访，甚至与世界重量级拳击手吉恩·图尼一起到欧洲徒步旅行。下面有两篇材料，一篇是他首次公开演讲的内容摘录，另一篇是巴黎著名文人安德烈·莫洛亚对他的采访。

5A. 英文信件和书信作家

怀尔德的首次正式公开演讲（1928 年 5 月 8 日，纽黑文）

很少有人注意到，其实《圣路易斯雷大桥》里的许多角色干的都是与写作、文学和艺术相关的工作，费时费力，有时候甚至会带来危险：那对孪生兄弟是抄写员，皮奥叔叔是西班牙文学和戏剧的狂热门徒，朱尼帕修士是注定会遭遇失败的传记作者。不过众所周知的是——怀尔德曾公开表示过——写信的蒙特马约尔女侯爵这一人物形象是对德·塞维涅夫人的文学致敬，她在怀尔德的作家神殿中跻身前排。1928 年 5 月 3 日，这位如今享誉国际的耶鲁校友在耶鲁大学纪念丹尼尔·S. 拉蒙特[1]的活动上，发表了题为《英文信件和书信作家》的演讲。

该讲座在纽黑文的桑普森演讲厅举行，面向市民和大学师生，吸引了数百名听众。只有少数大学行政人员知道一个秘密：怀尔德刚刚谢绝了本校所提供的荣誉学位。近一个世纪后，佩内洛普·尼文在怀尔德的文章中发现，他是这么解释原因的："过几年等我感觉自己足够成熟后，才能接受这个学位，

---

1 丹尼尔·S. 拉蒙特（Daniel S. Lamont，1851—1905）：于 1893 年至 1897 年任美国战争部长。

我希望这会对公众产生一些正面影响。"1947年，怀尔德接受了母校授予的荣誉学位。

怀尔德在1928年发表的演讲是他一生中数百场正式演讲中的第一场，现摘录在下，1979年文字稿首次出版时重新加了个标题。1929年到1937年间，在当时一流的李·基迪克讲座机构的安排下，怀尔德在美国和加拿大的各个城市共发表了144场正式演讲。

阅读伟大的书信作家

考虑到信件写作的特殊性，当我们聚在一起讨论信件时，永远不要超过十二个人。伟大的信件里，都充斥着你我本不该看到的片段。我保证，接下来将要讨论的一些信件面向的是更广泛的读者；不过，即便是这类文学中最慎重的艺术家，他们所写的许多信件也并未打算以完整面貌付诸出版。甚至就连艺术大师霍勒斯·沃波尔的信件上也没有贴着"机密：请烧毁"的标签，因为他理所当然地认为，这些信件不可能系上丝带，连同其他信件一起归还给他。而且，在近五十年之前，信件都是经过编辑的，就算作者心里有预感自己的信件可能有一天会公开出版，他们也笃信那些本地传闻、乏味片段和亲密话语会被剪掉。他们没有预料到 20 世纪的人们会关注这些作品；如果他们知道了，肯定会觉得这些人"有病"。

此外，大家都清楚，作家的书信有一个特点，就算他们知道其他读者能看到信，也并不会损害或削弱他们写给挚友信件中所蕴含的诚意和专一。从传统意义上来说，这是一个"谜"。这是高水平文学创作背后的奥秘。艺术是告白；艺术是说出口的秘密。艺术本身就是一封写给理想心灵、梦中读者的信。伟大的信件是写给密友的。但即便是最亲密的朋友也无法达到艺术家的要求，于是收信人就变成了艺术家所假定的"半神"读者。

德·塞维涅夫人的全部生活就是建立在这些美妙的信件之上的。她写这些信的本意，是为了与女儿重归于好，是为了唤起女儿对她的钦佩和爱意。但德·塞维涅夫人知道，女儿读到这些信时只觉得好笑，只是在迁就她，还带着一丝轻视。渐渐地，这些信超出了女儿的理解范畴，变成了一首咏叹调。在信中，这颗超负荷的心为寻求幸福慰藉而自吟自唱，或许就像她本来就要唱给女儿听的那样。在这样的段落中，塞维涅夫人甚至把写信本意抛到一边，居然冒着风险提及女儿的烦心事和坏脾气。但她必须吟唱。一位真正的艺术家永远不会清楚地知道谁会阅读自己的作品，读者群中包括他所臆想出来的人物——再现古代英雄崇拜，转移这种爱意：仿佛音乐会听众、艺术画廊游客和购书者是由米开朗琪罗、柏拉图、维奥拉和伊莫金组成的。你我的信都是写给朋友看的，我们把信写好，以取悦朋友；但伟大的信件不只是写给朋友的，还是写给作者所能想象到的最苛求的灵魂。

但艺术不仅仅只是倾诉秘密的欲望；它既想要倾诉，又想要保密。秘密只不过是人类内心世界里轮番上演的戏剧，一会儿渴望自我提升，一会儿因失败而自责。威廉·巴特勒·叶芝曾说："我们在与他人的争吵中，发明了修辞；在与自己的争吵中，创造了文学。"自责是灵魂的最初状态，绵延不断。正是在努力减轻自责感的过程中，我们做出了有价值的事情……

我本应该谈论英语作家，但我想再多谈谈最伟大的书信作家德·塞维涅夫人。她的确在英文书信写作领域很有名气，因为我们两位伟大的作家对她怀有特殊的爱慕之情。霍勒斯·沃波尔把她所写的大量信件读了又读，这在他那个年代还是首次出现；他称她为"罗什地区的圣母"，等他终于收到其中一封信的手稿时，简直视若珍宝。爱德华·菲茨杰拉德甚至准备了一本小地图集和传记词典，还有她的信件用语索引，供自己使用。选集编者破坏了法国读者对她作品的理解。法国所有学生——尤其是女生——都得按要求学习、仿写及点评她的《精选书简集》。这里面展示的都是样板，炫的都是漂亮的词句。然而，进入这座美丽国度——她的思想——的方式，并非寻找宫廷逸事、华丽辞藻或者用于洞察生活的独特小玩笑（因为以后"所有这些都将加之于你"），而是得像马塞尔·普鲁斯特的祖母所做的那样，从心门进入。在我看来，进入德·塞维涅夫人文学世界的钥匙握在她祖母手中。她的祖母是圣弗朗索瓦·德·塞勒的同事玛丽·德·桑戴尔夫人。在德·塞维涅夫人活着的时候，桑戴尔夫人就被封为圣徒。她就像圣特雷莎一样，丝毫不觉得两种生活有所冲突——她既是"玛丽"，又是"玛莎"。她的作品是教会里的二等经典。这些书里全是对上帝狂热又固执的崇拜，只需阅读几页，就会意识到她孙女正是从这里继承了盲目的激情和对人生悲剧的痴迷。其实德·塞维涅夫人很清楚这一点，在她的选集里，那些过于明显的伤悲段落都没有被收录：

"这就是我的命运，我对你的爱带来了痛苦，我向上帝倾诉了这份痛苦，因此我向他忏悔，因为这份爱意本应只献与他。"

"是我夸大其词了吗？"她写信给朋友吉坦特，"我依然不知道心爱的女儿是否会回到巴黎。即便如此，我还是在我们卡纳瓦雷这儿为她收拾房间，我们将等待上帝的旨意。我不断地想着上帝，上帝一直盘旋在我脑海中。我所有的思考都服从于这一至高无上的意志。我心怀虔诚。我披着教徒肩布。我持着念珠。我做了守夜祈祷。如果我坚信自己在宗教世界里能发挥些作用，该做的我都做了。但我不配：如果一个人头脑清醒，但内心冰冷，这又有什么用呢？"

读者得看三十或四十封信才能读到这样的段落，但一旦读到了这些，就更能感受到其余信件的妙处。比如，我从未在任何引述自德·塞维涅夫人作品的书或文章中看到过任何一个短语，能够阐明这种风格或者说所有风格中的精妙之处：

"别了，我那受神庇护的孩子；现在我可以继续告诉你我爱你而不必担心惹你厌烦，因为你知道这就是我的风格，你愿意忍受这样的烦扰：你认可我的才华，因而愿意原谅我在情感上对你纠缠不休，难道不是吗？也不要说出那些可怕的词：我身上的可憎之处，我的女儿，源于我一生对你的挚爱。"

在我的一本书（《圣路易斯雷大桥》）中，我塑造了以德·塞维涅夫人为原型的角色。随后我不断收到这位法国女士粉丝的愤慨来信，说这些都是我编造出来的，他们说，她是优雅、魅力和文艺的化身，绝不像我所解读的那样头脑发昏。

5B. 在巴黎的一次采访，1928 年 8 月 18 日

1928 年 5 月在耶鲁大学演讲后不久，怀尔德就来到欧洲，参加各种盛宴。在 1928 年 8 月 18 日这次生动的采访中，我们发现怀尔德在巴黎与著名法国小说家兼传记作家安德烈·莫洛亚坦诚地讨论了《圣路易斯雷大桥》中的重要主题，包括他在人们生活中所感受到的孤独，以及他对于文学能够启迪读者的信心。

8 月 18 日——今天我们有幸迎来了桑顿·怀尔德，这位美国作家之前一直寂寂无闻，直到最近才因作品《圣路易斯雷大桥》而广为人知。这本书的主题很精妙：有一天（大约在 18 世纪末），利马附近的圣路易斯雷大桥突然断了，这座古老的大桥是由柳条编成的，当时桥上有五个人。他们被抛入峡谷中，生命就此消逝。一位老修士目睹了这起事故，他想知道为什么上帝要惩罚这些人，为了坚定自己的信仰，他打算找出这五个人生活中所种下的因果……简洁的行文风格让人想起某些法国经典著作，特别是梅里美的作品。

圣路易斯雷大桥

194

一个很有魅力的男人，相当年轻。"我已经三十岁了，"他告诉我，"但还像所有二十六岁的作家一样。"他在大学任教（原文如此）。

"我的缺点在于，太像个书呆子了，"他说道，"我对生活知之甚少。我以文学巨匠为原型，塑造了《圣路易斯雷大桥》里的角色。书里的侯爵夫人原型是德·塞维涅夫人。在我第一部小说《卡巴拉》中，主人公原型是济慈。这种方法虽然用起来得心应手，但我不想再这么干了。在我对人类进行更深入的观察之前，我不会再进行写作了。"

"关于什么主题？"

"这并不重要。难道你不觉得全世界的文学作品中只有七八个伟大的主题吗？到欧里庇得斯的时候，这些主题已经全部被写过了，只能重新捡起来写。他从历史或异域传说中汲取养分。你有没有研究过莎士比亚的创作来源？我坚信，他唯一的原创角色只有《暴风雨》中的爱丽儿。"（我一直不明白为什么某些评论家会诧异于莎士比亚的博学，或者诧异于这位演员的非凡才能。说到底，莎士比亚可不是个"跑龙套的"，他住在宫廷里。他所有的学识都来源于口袋书，在他那个时代，口袋书就像我们现在书摊上的书一样。）"罗马人从希腊人那里取材，莫里哀从罗马人那里取材，高乃依从西班牙人那里取材，拉辛从高乃依和圣经那里取材……在我看来，易卜生是唯一一个真正有原创主题的剧作家，这不正是他的伟大之处吗？不，作家并不能带来什么新东西，顶多只是某种洞察生活的方式……以我自己为例，我到处找寻的，一直都是人类用以掩饰忧愁的面具。"

"这么说你认为所有人都是不快乐的？"

"在社交生活中，是的，所有人都不快乐——只不过程度不同……他们是孤独的，他们一直克制欲望，因而被欲望反噬；就算填满欲壑，他们也不会快乐的，因为他们太文明了。不，现代人不可能快乐；不论喜欢与否，他永远是个矛盾体。"

"即便是那些有着孩子气的眼睛、晒得黝黑、面色红润的英国人？"

"他们也不能免俗。证据就在于他们的幽默。幽默是掩饰忧愁的面具，特别是为了掩饰生活所造成的愤世情绪。我们试图瞒过上帝。这叫作优雅……在我看来，我们美国的年轻人比大多数欧洲人在表达愤世情绪上更为坦率。在这方面，弗洛伊德帮了大忙。"

"但这也毁掉了他们……在弗洛伊德看来，对性生活的迷恋是存在的，可对大多数男人来说根本不是这样……"

"可能吧……喏，你瞧，我回答'可能吧'只是为了让你高兴。其实性生活非常重要。"

整个下午，我们都在愉快地聊着天。他对音乐很有鉴赏力，尤其是巴赫的作品。随后我们还谈到了戏剧。

"前几天我在巴黎看了《厌世者》，"他说道，"但我对演出感到失望。他们把赛丽麦娜变成了一个魅力全无的浪荡女……根本不是这样……赛丽麦娜的可怕之处在于她非常可爱。"

"我曾经想过写一写赛丽麦娜的日记，"我告诉他，"从日记里我们就能知道，在她眼中，她的'背叛'通常只是为了安抚阿尔塞斯特，让他开心。"

大约五点钟的时候，他站了起来。可惜我们不能再见到他了。他要和拳击手吉恩·图尼一起去徒步旅行。

"一个奇怪的同伴。"

"别那么想。我很喜欢他。"

材料 6: 桑顿与宗教

材料 6A. 阿莫斯·尼文·怀尔德的笔记

阿莫斯·尼文·怀尔德（1895 — 1993）是桑顿·怀尔德的哥哥，是一位圣经学者、诗人、文学评论家、公理会 – 联合基督教教会牧师。他们俩关系一直都很亲密。没有什么比某些批评家和头脑简单的读者更让他恼火的了：有的人支持他弟弟的某个宗教观点，有的人则极力反对。比起怀尔德的其他小说，深受欢迎的《圣路易斯雷大桥》引发了更多关于阿莫斯自身宗教立场的讨论。虽然接下来的这封信里未曾提及，但可以肯定的是，1983 年阿莫斯·怀尔德写下这张信函时，脑子里想的就是他弟弟那本最出名的小说。在他去世后，人们在他办公桌的上层抽屉里发现了这封信函。

给所有热衷于询问及归类的读者的信函

他是一名"柏拉图主义者"、不可知论者、清教徒、虚无主义者(《三月十五》)还是别的什么呢?他追随的是克尔凯郭尔、萨特、比利·桑戴、歌德还是谁呢?尼采吗?

看看《我们的小镇》里"上帝的心灵",更不用说那首"系连妙结歌"。看看不同小说里的偶像人物。看看罗伯特·英格索尔(Robert Ingersoll)写在各个地方的笔记:《第八日》蔑视者;"1914 年,也就是我 17 岁生日时,我已经不再相信上帝的存在",出自《西奥菲勒斯·诺斯》;看看《安德罗斯女子》,"我们必须独自生活"(或者住在某个没有上帝的世界里),开场白和结束语也都写到备下宝贵负担的古代世界。

阿莫斯·尼文·怀尔德的评论

1. 文学批评的第一条原则:永远不要将作者的观点与

小说或戏剧中人物的观点等同起来。

2. 最好从他选择的寓言和情节中寻找作者的立场，也就是说，从原型和想象来探寻文学模式。

3. 期待多样性和极端性，甚至矛盾性。

4. 在这一时期将作品归为"柏拉图""清教徒""人文主义"等范畴是不合时宜的。更不用说这些评价都是针对意识形态的，根本不是针对艺术本身。如果一位作家的题材一成不变，那么可以称其为"天主教"小说家（格雷厄姆·格林）或者马克思主义剧作家（贝托尔特·布莱希特），但这并不代表他们是艺术家。就连"存在主义"这个类别——虽然更现代、更有趣——其实也是含混不清，没啥用处。

5. 就宗教信仰而言，桑顿是一名不做礼拜的新教徒。他从未反对举行基督教葬礼。

6. 结论。桑顿·尼文·怀尔德是一位现代神话作家，他的寓言直指我们时代所需的"意象革命"。这种操演或诗学背后有许多来源和影响，但在塑造与基督教原型及变体相关的角色方面仍然是独具特色的。

材料 6B.《那仆人名叫马勒古》（短剧十三）（1928 年 10 月）

探询宗教问题的《圣路易斯雷大桥》与怀尔德的第一部戏剧集密切相关。《圣路易斯雷大桥》出版后八个月，《兴风作浪的天使及其他剧作》也面世了，这里面共包含十六部小短剧，都是传统的纯文学作品，每部剧只有三分钟，只需三位演员出演。在这十六部短剧中，有四部是在《圣路易斯雷大桥》出版后不久写成的，其余十二部则是他在欧柏林学院和耶鲁大学（1915 — 1920）读书期间就写好了的，这次重新结集出版。《那仆人名叫马勒古》是四部新作之一。1928 年 6 月，也就是怀尔德凭借《圣路易斯雷大桥》获得普利策奖的一个月后，他写完了短剧十三。

《那仆人名叫马勒古》

演员表

天使加百列，秘书兼守卫

我们的主

《圣经》中的马勒古

场　景

耶和华神殿

（天父的神殿里有许多大厦，他站在其中一栋的窗前，望着宇宙规律运转。星球昼夜不息，环绕彼此，唯有失去生命力的东西才能这般精确。每隔一段时间，宇宙中最黑暗的地方就会产生一团星云，在新生的苦痛中旋转着，但在大多数情况下，空中只有浩瀚星球，在最初的冷却阶段，它们放慢了速度，随后又恢复了生机，一边绕着大圈，一边发出嗡鸣声。）

（加百列来找他。）

加百列： 这里有一些异常紧急的祈祷……来自孟加拉湾一艘木筏上的上校——这边又是莫斯科的这位寡妇和她的两个女儿。还有罗马的一位女士。（他把一些资料放在桌子上。）另外，外面有人想找你说说话。他说他在人间认识你。我感觉他是为着什么事来跟你抱怨的，就连在这儿也不知足。

我们的主：让他等一下。

（传来一阵猛烈的敲门声。）

加百列：他又来了。

我们的主：那就让他进来。

（加百列带着马勒古走进来，然后就出去了。）

马勒古：先生，请原谅我的唐突，但我不得不和您谈一谈。

我们的主：你对天堂不满意？

马勒古：噢，先生，我很满意——除了一件事。

我们的主：我们待会儿再来讨论这事儿。先到窗边来看看。你能告诉我这些星星里哪一个是属于我的吗？

马勒古：主啊，全部都是您的，这是确凿无疑的。

我们的主：不，只有一个是我的，因为只有一个星球上存在生命。在没有生命的地方，我就无法施展威力。除了这一个，其他任何星球上都没有生命存在；连一片草叶都无法从尘土或火焰中冒出。但这独一无二的星球上实在是事务繁多，天堂也没办法什么都照顾到——不过你对此毫无兴趣？

马勒古：噢，先生，我待在那儿是很久以前的事了，我没什么指望的……就连我孙辈们也早就不在了。我实在没法产生多大兴趣。我在这里非常开心——除了一件事。不过我想再看看这个星球。是哪一个，先生？

我们的主：在那儿，看！看看它从绿色的薄雾中飘浮到什么地方。如果你的耳朵和我一样熟悉这一星球，你就会听到我所听到的声音：它转动时发出了叹息声。来，说吧，有什么要我帮忙的？

马勒古：嗯，如您所知，当您被带走时，我是花园里大祭司的仆人。先生，这几乎不值一提。

我们的主：不，不。说出来。

马勒古：您的一个伙计拿出剑，把我耳朵砍掉了。

我们的主：是的。

马勒古：这……这几乎不值一提。大多数时候，主啊，我们在天上很开心，没有什么能影响到我们的娱乐消遣。但是，每当地球上有人想到我们时，不管开不开心，我们都会有感觉。某种东西会掠过我们的脑海。因为我出现在您的书中，就总是有人读到我的故事，想到我，于是在我消遣之时，我就会立马感觉到。特别是在这个时节，他们都在追悼您，也就总是会想到我。他们都认为我很荒谬可笑。

　　我们的主：我懂了。那你想让我把你的名字从书里删掉吗？

　　马勒古：（急切地）是的，先生。我想您不妨直接抹去和我相关的片段。

　　我们的主：既然你已经来到这里，你想要的一切都会得到应允。你是知道这一点的。

　　马勒古：是的，先生；谢谢您，先生。

　　我们的主：不过，请稍等一下。在这个时节，马勒古，也有很多人在想着我。

　　马勒古：是的，主啊，你在他们心中是高尚的，是伟大的……

我们的主：不是的，马勒古，其实他们也觉得我荒谬可笑。

马勒古：噢，不，不！

我们的主：他们觉得我荒谬可笑，是因为我总有一种错觉，以为自己死后可以为民造福。

马勒古：他们可不这么说！

我们的主：其实，我思想上的这种毛病，并非无药可救。其实，我已经欺骗和辜负了数以百万计的灵魂，他们在绝境中向我祈祷，我曾许诺会拯救他们。他们不知道我死的方式和普通人别无二致，他们的祈祷是徒劳无用的，因为我早已不复存在。我居然敢许下大话，这说明我要么是个神仙，要么就是个疯子。

（停顿）

马勒古，你会留下来和我一起充当笑柄吗？

马勒古：会的，先生，我会留下来。我很乐意留下来。虽然从某种意义上来说，我不配留在书里。我甚至都不是大祭司的仆人；我只是偶尔牵着他的马。而且……我曾干过小偷小摸的事情——只有您宽恕了我。当然了，我很乐意留下来。

我们的主：谢谢你，马勒古。

马勒古：（微笑）书里写的甚至都不是事实。被割掉的是我的左耳，而非我的右耳。

我们的主：是的，这本书里与我有关的部分也并非全然属实。

马勒古：先生，不好意思打扰您了。再会。

我们的主：再会，马勒古。

（马勒古走了出去。加百列小心翼翼地走进来，又放下了一些资料。）

加百列：（低声）孟加拉湾上的那艘木筏翻了，长官，上校马上就到这里了。莫斯科的那个女人……

——剧终——

马勒古的故事来源于以下章节，新修订标准版《圣经》:《马太福音》26：51,《马可福音》14：47,《路加福音》22：49 — 51,《约翰福音》18：10。

材料7：改编

本书改编史始于1928年，当时米高梅公司花了3万美元，从怀尔德的出版商那里购买了电影版权，作者获得了其中的50%。1929年，米高梅公司制作了带有局部声场和配乐的电影。在这之后，又有两人尝试将该故事搬上银幕：1944年，独立制片人本尼迪克特·博吉斯拍了部黑白电影，由林恩·巴里、弗朗西斯·莱德勒和阿基姆·塔米洛夫主演；2005年，玛丽·麦古基安也拍了部电影，由凯西·贝茨、罗伯特·德尼罗、菲茨杰拉德·默里·亚伯拉罕和哈维·凯特尔主演。

1958年1月21日，经怀尔德同意，第一部，也是唯一一部改编自《圣路易斯雷大桥》的电视剧在CBS杜邦公司的"本月最佳节目"中播出。这部90分钟的电视剧由大卫·苏斯金德制作，编剧是鲁迪·克莱尔（麦卡锡时期，她可能曾经掩护过沃尔特·伯恩斯坦），演员阵容星光璀璨：朱迪斯·安德森女爵、伊娃·勒·加里莲恩、西奥多·比克尔、薇薇卡·林德福斯和休谟·克罗宁。据报道，该节目收视率达47%。次年，也就是1959年1月13日，鲁迪·克莱尔所改编的电视剧在伦敦由ATV播出，由黛安·奇伦托和凯瑟琳·莱西主演。

　　有生之年里，怀尔德并不介意将他的作品制作成广播版。1952 年，冷战期间，"美国之音"上播出了《圣路易斯雷大桥》，通过自由欧洲电台向苏联卫星国进行广播。在英国、澳大利亚和德国也有著名的《圣路易斯雷大桥》广播版，过去的几十年里，该作品在 BBC 第四电台频道和 BBC 国际广播电台上多次播放。

　　怀尔德认为自己小说的精妙语言不可能在戏剧现场重现，因此他的经纪人常常拒绝剧作家、导演和作曲家关于将《圣路易斯雷大桥》改编成戏剧、歌舞剧或歌剧的版权请求。不过，怀尔德从不在知识产权处理问题上束缚后代的手脚，并未禁止在他死后将《圣路易斯雷大桥》搬上舞台。

　　1995 年以来，经怀尔德家族同意，先后有三部改编自《圣路易斯雷大桥》的专业舞台剧在美国上演：2006 年 9 月，由演员和木偶同台演出的改编剧在西雅图的草莓戏剧工作坊首演；2016 年 4 月，由辛西娅·迈尔所写的戏剧在亚利桑那州图森市的罗格剧院上演；2017 年 2 月，演员兼编剧大卫·格林斯潘的改编作品在新泽西州红岸的两河剧院里首映，随后，2019 年 10 月份的时候，在迈阿密新戏剧协会里再度上演。另外三部改编作品则制作于美国之外的地区：2004 年在意大利上演，由保罗·波利担当编剧和导演；2006 年在法国上演，由伊琳娜·布鲁克改编并执导；2021 年在澳大利亚上演，由菲利普·卡瓦纳改编。除此之外，还有两部改编自《圣路易斯雷大桥》的歌剧：一部是由赫尔曼·罗特创作的歌剧，仅限于德国用德语演出，1954 年以广播剧的形式首次开播；另一部是由保拉·金珀改编的舞台朗读，2007 年在美国上演。

塔潘·怀尔德（Tappan Wilder）

（方嘉慧译）

图书在版编目（CIP）数据

圣路易斯雷大桥 /（美）桑顿·怀尔德著；但汉松译．——
广州：广东人民出版社，2024.8（2025.5 重印）
书名原文：The Bridge of San Luis Rey
ISBN 978-7-218-17551-5

Ⅰ.①圣…　Ⅱ.①桑…　②但…　Ⅲ.①中篇小说—美
国—现代　Ⅳ.① I712.45

中国国家版本馆 CIP 数据核字（2024）第 085886 号

SHENGLUYISILEI DAQIAO
圣路易斯雷大桥

[美]桑顿·怀尔德 / 著　但汉松 / 译　　　🔖 版权所有　翻印必究

出 版 人：肖风华

责任编辑：李幼萍　刘志凌
特约编辑：刘美慧　范亚男
责任校对：李伟为
装帧设计：崔晓晋
责任技编：吴彦斌

出版发行：广东人民出版社
地　　址：广州市越秀区大沙头四马路 10 号（邮政编码：510199）
电　　话：（020）85716809（总编室）
传　　真：（020）83289585
网　　址：https://www.gdpph.com
印　　刷：广东信源文化科技有限公司
开　　本：787mm×1092mm　1/32
印　　张：6.875　**字　　数：**106 千
版　　次：2024 年 8 月第 1 版
印　　次：2025 年 5 月第 2 次印刷
著作权合同登记号：图字 19-2024-061 号
定　　价：32.00 元

如发现印装质量问题，影响阅读，请与出版社（020-85716849）联系调换。
售书热线：020-87716172

解读怀尔德笔下的

伟大寓言

跨越百年的传奇

通过视频和图片，开启传奇的文学之旅。

最后的寓言家

感受桑顿·怀尔德的文字力量。

普利策获奖作品

一起盘点普利策获奖作品。

电子书试读

试读文学经典，收获智慧人生。

微信扫码